김동인의 **신예성전**

# 김동인의 신여성전

초판 1쇄 인쇄 2012년 12월 20일
초판 1쇄 발행 2012년 12월 27일

지은이 | 김동인
엮은이 | 편집부
펴낸이 | 손형국
펴낸곳 | 에세이퍼블리싱
출판등록 | 2004. 12. 1(제2011-77호)
주소 | 153-786 서울시 금천구 가산디지털 1로 168,
        우림라이온스밸리 B동 B113, 114호
홈페이지 | www.book.co.kr
전화번호 | (02)2026-5777
팩스 | (02)2026-5747

ISBN 978-89-6023-978-4 04810
ISBN 978-89-6023-773-5 04810(세트)

일제강점기 한국현대문학 시리즈

05

# 김동인의
# 신여성전

김동인 지음 | 편집부 엮음

신여성들의 여권신장 노력이

오늘날 첫 여성 대통령 탄생의 원인遠因이

되었다면 과장일까?

SAY

# 차
# 례

1편

정희

# 정 희

"최성구 씨에게는 약혼한 처녀가 있으며…"

"최성구 씨는 혼인 문제 때문에 약혼자의 고향인 T군으로 내려 갔으니…"

이러한 편지를 처음으로 받았을 때는 정희는 그것을 믿지 않았 다. 성구와 근 일 년을 교제(라 할까?)를 하는 동안에 정희는 성구 에게서 그런 이야기는 듣지는 못한 뿐만 아니라 정희에게는 어떠 한 여자와 혼약을 한 사내가 근 일 년이나 다른 여자(정희 자기)와 교제를 하면서 한 번도 혼약한 여자를 찾아가 보지도 않는다는 것은 믿지 못할 일이었다.

만약 그 편지에 있는 말이 사실이라 하면, 성구는 그 근 일 년 동안에(설혹 찾아는 못 갔다 할지라도) 한마디의 한숨이라도 지었을 것 이었다. 근심과 비련의 눈물이라도 지었을 것이었다. 극도로 이기

적으로 - 자기와 성구의 사이의 사랑이며 자기의 쉬는 조그만 한 숨이며 엷은 웃음에까지 차디찬 이지적 해부안解剖眼을 던지느니 만치 - 생긴 정희 자기의 눈에(만약 성구에게 그런 행동이 있기만 하였더라면) 벗어날 수가 없었을 것이었다.

"변변치 않게…."

얼마를 더 양보하여 약혼자가 있다 할지라도 그것이 과연 무엇일까? 약혼자는 사실 있을지도 모를 일이야. 지금은 친척이며 재산이며 아무것도 없는 성구지만, 구한국 시대의 **방백*** 자리로 돌아다니던 사람의 종자인 그인지라, 혹은 부모끼리 술김에 약혼이라도 한 계집애가 있을지도 알 수 없다. 그러나 그것은 존재와 부존재를 구별할 필요까지 없는 귀찮은 일이다. 일만 명의 약혼자가 있으면 무엇하나.

성구가 T군을 잠깐 다녀오겠다고 내려갈 때에 정희가 무엇하러 가느냐고 물으매, 그는 그때에 그저 웃어 버리고 말았다.

성구가 내려간 뒤 사오 일 지나서 정희는 그 괴상한 편지를 받았다. 성구가 다만 웃어 버리던 그 여행의 목적에 대한 구체적 설명에 가까운 것이 그 편지에 있기는 있었다. 이런 편지를 받는 것이 좀 불쾌하기는 하였지만, 그러나 정희의 머리를 지배할 만치 큰 문제는 못되었다. 혹은 파혼하러 갔을지도 모를 일이니까….

한 사나흘 걸릴 줄 알았던 성구의 여행은 의외로 길어졌다. 한 주일이 지나서 열흘이 되어도 성구는 돌아오지 않았다.

성구의 여행이 뜻밖에 길게 됨을 따라 정희의 머리에는 차차 검은 구름이 덮이기 시작하였다. 웬일일까? 파혼하러 갔을 성구이매 문제가 좀 어렵게  되는 것 같은 것은 걱정이 없다. 그에게 무서운 것은 성구의 성격으로써 짜낸 지금의 경우였다. 만약 시인이 되었더면 불세출의 시인이 될지도 모를 만치 열정적 성격의 주인인 성구이며… 정희의 걱정은 여기 있었다.

상대자와 접촉하는 순간 인스피레이션(갑자기 떠오른 영감) 그것으로써 그 상대자의 전인격을 추정하며 그 추정뿐으로 그 사람에 대한 관념을 지으려 하는 성구인지라, 그 소위 약혼자라는 계집애가 성구의 첫눈에 어떻게 보였든지, 만약 첫눈에 '마음에 드는 계집애로다'고만 박혔을 것 같으면 거기 정희가 **저퍼할**\* 만한 사건이 생겨나지 않을까?

그러나 정희의 근심이 마침내 실현될 때는, 정희는 과히 놀라지 않았다(고 생각하였다). 정희는 그때 '용부勇婦 파틸리샨의 전기傳記'를 읽고 있었다. T군에 친언니와 같이 사귀던 친구가 있었으므로, 거기 성구의 일을 조사하여 달라고 편지를 하였던 그 화답이 정희가 파틸리샨의 전기를 읽을 때에 이르렀다.

그때에 파틸리샨은 에집트에서 외로이 병든 자기의 사랑하는 사람을 위로코자 황망히 고국을 떠났다.

　'파틸리샨도 여인이다. 그의 눈에도 따뜻한 눈물이 무론 있었을 것이다.'

　정희는 이렇게 생각하면서 그 페이지에 종이를 끼우고 책을 접은 뒤에 **고즈너기*** 편지 봉을 뜯었다.

　정희는, 까딱 안하고 그 편지를 다 읽었다. 그러고는 다시 파틸리샨 전傳을 폈다. 온갖 파란과 모험으로 눈이 뒤집힐 듯한 파틸리샨의 항해航海이야기도 한 줄기의 얽힘이 없어 정희의 머리에 들어박혔다. 정희의 머리는 편지 때문에 조금도 흐려지지 않았다.


　파틸리샨은 에집트의 어느 해안에 닿았다. 파틸리샨은 사랑하는 사람의 병들어 누워 있는 곳을 찾아갔다. 여위고 쇠약한 '그'는 해안 어느 조그만 오막살이에 토인 계집애의 간호로써 고즈너기 누워 있다. '그'는 파틸리샨을 보고 적적한 웃음을 웃었다. 파틸리샨도 고즈너기 웃었다. 그리고 애인의 앞에 가까이 가서 꿇어앉았다.

　"파틸리샨, 나는 당신이 오늘은 오실 줄 알았소이다."

　"어떻게요?"

'그'는 힐긋 토인 소녀를 보았다. 파틸리샨도 소녀를 보았다. 파틸리샨의 눈에는 약간한 의심의 빛이 있었다.

"이 계집애는 대체 누구예요?"

"파틸리샨, 그 소녀에게 감사의 하례를 드려 주. 앓아 죽어 가는 몇 달 동안 나의 유일의 생명이고 넋이었던 그 소녀에게."

파틸리샨은 다시 한 번 힐긋 소녀를 보았다.

소녀는 두려운 듯이 '그'의 팔에 자기의 손을 얹으며 머리를 숙여 버렸다.

"저는 당신 때문에 제가 돌보지 않으면 안 될 수백의 생령을 고국에 내버려두고 왔습니다. 물길과 뭍길에 온갖 고생을 겪으면서도 파리하고 여윈 당신을 보고 싶기 때문에 참고 왔습니다. 그런데 그런데, 그동안에 당신께서는 이 검붉은 계집애의 팔에 붙안겨서 이 파틸리샨 같은 계집은 생각도 안 하셨겠지요."

"파틸리샨!"

"단정코 그래요."

파틸리샨은 벌떡 일어서면서 소녀의 머리채를 휘어잡았다.

"파틸리샨!"

파틸리샨은 대답도 안 하고….

정희는 책을 접어 버리고 말았다.

'시기'라는 죄악이라 하여도 과하지 않은, 더러운 감정을 그는 파틸리샨에게서도 발견하였다.

정희는 책을 제자리에 넣은 뒤에 T군 친구의 편지를 서랍 속에 넣고 일어나서 아버지의 서재로 찾아갔다.

"너, 얼굴빛이 좋지 못하구나?"

학자인 정희의 아버지는 서재에 들어오는 딸을 보고 무슨 통계표인 듯한 종이를 밀어 놓으며 빙긋 웃었다.

무론 정희는 아까 그 편지 때문에 아무런 영향도 받지 않았다고 생각은 하였다. 그러나 좋지 못하게 된 얼굴빛은 또한 감출 수가 없었다. 정희는 고즈너기 아버지의 앞에 앉았다.

"아버지."

"왜 그러냐."

"전, 남영식南永埴 씨와 결혼하겠습니다."

"호호! 그럼 최성구는 어쩔 작정이냐?"

"그만두지요. 아직 구체적인 혼약이니 무엇이니는 안 했으니깐요."

"네 소견대로 해라. 나는 아무 간섭도 안 하련다. 젊은 것들은 좀 하면 간섭이니 무엇이니 하기에 나는 그 소리가 듣기 싫어서 간섭은 안 하마. 그 대신 - 권리를 포기하는 대신 - 이 뒤에 책임도 지지 않는다, 하하하하!"

정희는 할 말이 다 성립되었으므로 다시 일어서려 하였다. 그러나 아버지가 다시 그를 찾았다.

"그런데 너 성구와 무슨 조그만 감정 문제로 그러지 않니? 혼인은 일생의 대사라 그런 조그만 감정으로 좌우해서는 안 된다."

"아버지!"

정희는 이 한마디뿐으로 아버지의 질문에 대답하였거니 하였다. 사실 이 한 마디는 '아버지 내가 그런 천박한 계집애로 아십니까' 하는 뜻을 넉넉히 나타내었다.

아버지는 다시 통계표를 들여다보았다. 그리고 머리는 그 통계표로 향한 채로 다시 찾았다.

"성구도 지금 T군에 가 있다지?"

"네."

"네 혼약은 성구가 돌아오기 전에 맺구 싶으냐, 돌아온 뒤에 맺자느냐?"

"일을 급히 하면 며칠이나 걸릴까요?"

"남영식이는 밤낮 조르고 있으니깐 내일이라도 될 수 있지."

"급히 해주세요."

아버지의 눈은 통계표에서 떠났다.

"그렇게 급하냐?"

"…"

"일에는 도리라는 것이 있지 않냐? 내 의견으로 말하면 무론 성구보다는 영식이가 네 서방 재료로는 낫다. 찬성은 하지만, 아직껏 그리 좋아하던 성구를 내버리고 그렇게 싫어하던 영식이에게 가겠다는 네 마음을 알 수 없다. 일시적 감정이 아니냐? 내 의견으로는 성구가 T군에서 돌아온 뒤에 다시 한 번 만나보고 일을 처결하는 것이 옳을 듯싶다."

"…"

"꼭 빨리 해야겠느냐?"

"네."

정희는, 모깃소리만 한 소리로 대답하고 그만 그 자리에 쓰러졌다. 파틸리산의 시기를 더럽다 한 정희의 가슴에도 시기라 할 수밖에 없는 어떤 불꽃이 타오르는 것을 누를 수가 없었다. 아직껏 감추고 누르고 삭이려던 모든 감정은 일시에 그의 마음에 터져 올랐다. 꺾어지고 부스러진 자존심과 거기대한 복수에 가까운 무겁고 맹렬한 감정은 그의 마음에 일어섰다. 아직껏 그리 싫어하던 영식에게 갑자기 혼인을 허락하게 마음이 변한 것도 여기서 나온 것이었었다.

"애, 정희야 울 만한 일이 있으면 울어라. 죽을 일이 있으면 자살이라도 해라. 결코 간섭 안 하마. 그 대신 소위 사후 승낙, 아니 사후 설명이란 것이 있지 않니? 영식이와의 혼약도 인젠 성립된 것과 마찬가지이니 사유를 설명해라. 성구와는 어떤 까닭으로 떨어지게 됐는지, 영식이와 결혼하겠다는 까닭은 무엇인지, 그 연유며 이유를 설명해 봐라."

정희는 펄떡 정신을 차리고 머리를 들었다. 이게 무슨 광태냐. 그래도 정희라고 하던 계집애가 세상 보통의 계집애들과 같이 울며불며, 이런 광태가 어디 있나. 그는 눈물을 얼른 씻고 일어나 앉았다.

"별로이 설명할 일은 없어요. 그저…."

아버지는 종내 통계표를 집어서 서랍에 집어넣었다. 그리고 정희의 편으로 돌아앉았다.

"너 성구한테 버리우지 않았니?"

"…."

"버리웠구나."

"아니에요."

"아니가 아니다. 버리웠다. 자, 사유를 설명해라."

정희는 힐긋 아버지의 얼굴을 쳐다보았다. 아버지의 얼굴은 노여움으로 불긋하게 되었다. 버림받은, 사랑하는 가련한 딸 정희 때문에, 아버지의 얼굴은 선독과 같이 붉게 되어 있었다.

"경박한 자식!"

정희에게 설명을 듣고 T군에서 온 편지까지 본 뒤에 아버지는 토하듯이 중얼거렸다.

"그런 경박한 자식의 일은 생각할 필요도 없다. 그러나 너는 꼭 시집을 가야겠냐? 안 가고는 못 견디겠냐? 나는 아무리 해도 네가 영식이에게 가겠다는 이유를 알 수 없다. 일시적 감정으로 네가 제일 싫어하던 사람에게로 간다는 것이 한 복수 같은 생각이 들어서 그러지 않냐? 만약 그렇다면 그것은 네 잘못 생각이로다. 결혼은 일생의 대사다. 응, 일생의 대사야."

정희는 걸핏 남영식을 생각하여 보았다. 영식은 그리 미남자라할 수는 없지만 어디 내어놓아도 뻐젓하니 지낼 만한 풍채는 가진사람이었다. 대단히 침착하고 점잖은 사람이었었다. 예수교인은아니지만, 진실한 예수교인에게 뒤지지 않을 만치 신실한 사람이었었다. 재산가이었었다. 실업가이었었다. 훌륭한 인격자이었었다. 그리 웃는 때는 적지만 대단한 호인이었다. 그리고 남편 감으로는세상에 드문 사람이었었다.

자기는 아직껏 왜 영식이를 그렇게 싫어하였나? 싫어할 점이 어디 있나? 자기가 영식이를 그렇게 싫어한, 다만 한 가지의 이유는 영식이는 성구와 정반대(어떤 점으로 보든지)의 사람이라 하는 점이었다. 좋아하려면 못 할 일은 아닌 것이다. 억지로, 억지로, 정희는 이렇게 마음먹고 머리를 아버지에게 돌렸다.

"아버지, 영식 씨를 애인과 같이 대접할 수는 없지만, 그 지아버니로 존경할 수는 있습니다. 저는 다른 점보다도 점잖고 신실한 인격자에게…"

아버지는 벙글 웃었다.

"네 성격에는 영식이가 맞겠지. 그러나 작정은 안 하겠다. 결혼은 일생의 대사야. 너두 좀 더 생각해 봐라. 더 생각해 봐 가지고 다시 작정하자. 급히 작정했다가는 이후에 마음이 변하게 되었다는 어찌할 수 없잖니? 후회막급, 그 너희들의 문자로는 뭣이라든가, 그, 저…"

"더 생각할 필요는 없어요. 아버지께서 생각해 보라시니 하룻밤 더 생각은 해보겠습니다만 생각해야 그것이에요."

"하룻밤뿐? 너무 급행으로 하지 마라. 천천히, 천천히. 너 저 담벼락에 써 붙인 내 표어를 봐라, 무에라구 썼나?"

정희는 아버지의 서재에 들어올 때마다 보곤 하는 아버지의 표어를 다시금 쳐다보았다.


'관찰觀察,

해부解剖,

심사深思,

숙고熟考,

연후착수然後着手'


"내가 이십 년 이래로 지켜 내려온 것이 저 표어다. 절대로 실패하지 않고 후회할 일이 안 생기는 유일의 방법이 저 표어를 지키는 것이다. 더 생각해라. 혼인도 일생의 대사다."

정희는 싱겁게 한번 웃은 뒤에 아버지의 방을 나섰다.

며칠 뒤에 정희와 남영식의 혼약은 성립되었다.

그날 밤 정희는 자기 방에 들어박혀서, 자꾸 울고 있었다. 모든 아름답고 꽃다울 미래는 한나절의 꿈으로 스러져 버렸다.

남편을 존경할 수는 있지만 사랑할 수는 없는 아내와(짐작컨대) 아내를 귀애하며 존경하여 줄 줄은 알지만 사랑할 줄은 모를 남편, 그 두 사람 새에 혼약은 성립되었다.

봄날 꽃밭에서 지저귈 꾀꼬리를 생각하던 정희는 소나무 위에 한가히 앉은 학을 보았다.

'성구 씨, 성구 씨!'

이런 밉고도 또한 그리운 이름이 어디 있을까?

"성구 씨!"

정희는 울면서 소리까지 내어 뇌어 보았다.

'야, 성구야! 아이구 속상해! 성구 사람 살리려무나. 너 때문에 사람 죽는다.'

정희는 이전에 성구와 자기 새에 왕복된 편지들을 쪽쪽 찢었다.

봄날의 짧은 밤은 꽤 깊었다. 그러나 정희는 자리도 펴지 않고 책상에 엎드린 대로 자꾸 울고 있었다.

그러나 낮에는 정희는 천연하다.

날이 지나자 얼굴은 차차 보이게 초췌하였었지만 남 보기에 그리 괴로워하는 듯하지는 않았다.

권리를 포기하는 대신, 책임도 안 진다는 정희의 아버지는 아무 간섭도 안 하였다. 이것이 정희에게는 더욱 적적하였다. 아버지에게서 성구의 이야기라도 나오면 마음껏 성구를 욕을 하여 반어反語로라도 성구에게 대한 그리운 정을 토하여 보고 싶으나, 물 없는 곳에서 헤엄칠 수는 없었다. 정희의 쓰리고 아픈 마음은 호소할 곳이 없었다.

어느 날 정희는 이전에, '파틸리샨은 대답을 안 하고'까지 읽고 내버려 두었던 파틸리샨 전傳이라도 좀 볼까 하고 책을 펼 때에, 아버지가 정희의 방에 찾아왔다. 정희는 빨리 책을 접어 치웠다.

"또 소설 읽고 있었냐? 한데 누가 널 찾아왔더라."

"누구예요?"

"최성구!"

정희는 눈이 아득하여졌다. 온몸의 피가 모두 얼굴로 모여드는 것을 알 수가 있었다. 정희는 허둥지둥 책상 귀에 의지하였다.

"만나 보기 싫으냐? 싫거든 내쫓아 버리지."

"아니에요. 만나 보겠어요."

"만나 봐? 그럼, 이 방으로 보내련?"

"네."

아버지는 나갔다. 아버지가 나간 뒤에, 정희는 머리를 한번 쓰다듬은 뒤에 치마 고름을 다시 매고 일어섰다.

성구가 들어왔다. 그러나 이때는 벌써 정희는 마음의 동요를 다 눌렀을 때였다. 정희는, 조금 허리를 굽혀 보고,

"언제 올라오셨어요?"

물었다.

"이제 왔습니다."

성구도 무론 혼약 사건을 알았을 것이었다. 정희에게 대한 차디찬 태도는 그것을 증명하였다.

둘은 먹먹히 서 있었다. 그러나 좀 뒤에 성구가 먼저 입을 열었다.

"좌우간 앉으시지요."

"참, 앉으시지요."

정희는 성구에게 자리를 가리키면서 앉았다. 둘은 역시 먹먹히 앉아 있었다. 정희는 자존심만 허락하였더면 이 자리에 쓰러져서 모든 사연을 다 이야기하고 싶었다. 사실 성구가 이때를 당하여 정희를 찾아온 것은 타협할 여지가 있다는 것을 뜻함으로 해석하여도 과히 틀린 일은 아닐 것이었다.

성구도 역시 자존심과 다투는 듯이 먹먹히 앉아 있었으나 종내 입을 열었다.

"남영식 씨와 혼인을 하겠다지요?"

"네."

정희는 꽤 큰 소리로 대답하였다.

"축하드립니다."

마침내 정희의 감정은 자존심을 깨뜨렸다.

"네, 마치 성구 씨가 시골서 혼약한 것과 마찬가지로…"

이것은 과연 항복의 제 일보였다. 이때에 만약 성구에게서 정희의 말을 인도할 무슨 한마디의 말이라도 떨어졌으면 정희는 온갖 것을 내어 던지고라도 다시 성구의 품으로 돌아왔을 것이었다.

성구의 입은 부들부들 떨렸다.

"축하드리지요."

"네, 고맙게 받겠습니다."

"기쁘겠습니다."

"네, 기쁩니다."

타협은 이리하여 깨어졌다.

잠깐 더 잠잠히 앉았던 성구는 모자를 집어 가지고 일어섰다. 그것을 힐긋 보고 정희는 책상 편으로 모른 체하고 돌아앉고 말았다.

성구의 나가는 문소리가 들렸다. 문은 열렸다 닫쳤다. 그러나 닫쳤던 문은 다시 열리고 성구의 성나서 떨리는 소리가 들렸다.

"나는 혼약 안 했어요. 아마 영구히 혼약이라는 것은 안 하겠지요."

문은 다시 절컥 하니 닫히고 대문으로 나가는 성구의 발소리가 들렸다. 정희는 벌떡 하니 일어서서 문을 열어 젖혔다. 그러나 그 때는 벌써 성구의 그림자는 대문 밖에 스러져 없어졌다.

정희는 맥없이 다시 문을 닫고, 자리에 돌아왔다. 쓰라린 눈물이 하염없이 그의 눈에서 솟았다.

사흘 뒤에 K신보에 최삼덕崔三德이라는 서명으로 어떤 여성에게 대한 공개장이 발표되었다. 정희는 그 최삼덕을 알았다. 그것은 최성구의 아명으로서 정희와 서로 편지 거래를 할 때에 늘 쓰던 이름이었다.

그 공개장에는 자기는 얼마나 '그대'를 사랑하였는지, 그 정도 문제이며, 아직도 자기의 마음은 조금도 흔들리지 않았다는 말이며, 자기가 T군에서 좀 오래 묵어 있게 된 것은 한 조그만 호기심(호기심 이상이랄지도 모르나, 엄정한 의미로 볼 때는 호기심이라고 명명할 수밖에 없다)에 지나지 못한다는 이야기를 쓰고, 그러한 것을 경솔히도 이를 그르친 '그대'를 책망하는 글로 마쳤다. 그는 자기의 마음은 인제 한낱 원망으로 변하였다 하였다. 그는 여인의 영리한 듯한 좁은 마음이 밉다 하였다. 그는 이렇게 썼다.


'아아! 그러나 그때에 그대는 어떤 길을 취하였나? 그대는 나에게 반성할 여유라도 주었나? 반성할 만한 한마디 주의라도 하였나? 한 걸음 더 나아가서, 그대는 사건의 경위라도 똑똑히 알아보았나? 〈약한 자여! 네 이름은 여인이라〉고 한 사람도 있지만, 오히려 너무 강하여 자기 힘에 넘어진 그대여. 자기의 영리함을 과신

하여 한 사람의 장래를 파괴한 그대여. 그대의 과신 때문에 온전히 장래를 잃어버린 자기는 어느 날 어느 곳에 물론하고 자기가 살아 있는 동안은 그대를 원망하고 미워하겠다.

나의 탄 기차는 지금 닫는다. 향한 곳은 어디? 그것은 나는 알 수 없다. 나의 마음은 다사로운 남쪽을 가리키되, 나의 다리는 머리를 가로젓고 북으로 북으로 향한다. 어디로? 무얼 하러? 상처받은 나의 마음은 더욱 찬 인정을 맛보아서 지금의 나의 마음을 얼마라도 위로하려 한없이 끝없이 북으로 간다.

일생은 길다. 세상은 좁다. 우리 둘이 이후, 어느 곳에서 어떤 경우 아래에 다시 만날지 그것은 알 수가 없다. 그러나 아아, 이 이상 나는 무엇을 쓸까? 나는 다만 영구히 그대의 불행을 빌면서 이 붓을 놓는다. 운운.'

그리고 그날 신문 삼면란에는 조그맣게 '최성구 씨 실종'이라는 제목 아래, 최성구 씨는 아무 유서나 전갈도 없이 실종되었단 기사가 있었다.

그날 밤 정희는 열이 사십 도나 나서, 자리에 누워서 몹시 신음하였다.

의사는 독감이라 하였다. 그러나 그것은 결코 독감이라고 간단히 설명할 병은 아니었다.

음식을 먹은 뒤에는 몇 분이 지나지 못하여 모두 도로 게웠다. 한 숟갈의 약을 먹고도 도로 토하였다. 헛소리까지 하였다. 밤에 그의 머리맡에서 그 머리를 짚어 보며 앉았던 그의 아버지는 머리맡에 놓인 신문을 보았다. 그리고 최삼덕의 공개장을 보았다.

이튿날 아침 정희가 조금 정신이 들어서 눈을 뜰 때에 아버지가 들어왔다.

"너 남영식이와 파혼하려?"

"네?"

"…"

아버지는 물끄러미 딸의 얼굴을 들여다보았다.

"싫으냐?"

"네?"

"남씨하고 파혼하고 싶으냐 말이다."

정희는 얼굴이 새빨갛게 되었다.

"제가 개자식이야요? 이 사람과 파혼하고 저 사람하고 파혼하고…"

"싫으면 그만두어라. 억지로 하라는 것도 아니다."

아버지가 나간 뒤에 정희는 아버지의 말을 다시 한 번 속으로 외어 보았다. 그것은 과연 어떤 뜻이었을까? 무엇을 뜻함이었을까?

그러나 정희의 열 때문에 어지럽게 된 머리로는 정돈된 생각은 할 수가 없었다. 어떤 까닭으로 그런 말을 물었나?

그보다도 더 이상한 일은, 자기는 어떤 까닭으로 남씨와 파혼하겠느냐고 물을 때에, 첫마디로 거절하였나. 자기는 남씨에게 대하여 손톱눈만치도 사랑을 안 가지고 있지 않나?

한때는 남씨를 좋아하려고 마음을 먹어 보기는 하였으되, 그 성구의 센티멘탈한 공개장을 본 뒤에는 눈과 같이 그 생각은 사라지지 않았나? 억지로 그렇지 않다고 생각은 하나 자기의 마음속에는 역시 성구에게 대한 그리움이 불붙듯 타오르지 않나? 이제라도 성구가 두 팔을 벌리고 오기만 하면 자기는 모든 것을 내어던지고라도 그리로 돌아가고 싶지 않나?

그런데 자기는 왜 남씨와 파혼하겠느냐고 할 때에 첫말로 거절하였나? 이 세상의 모든 일은 수수께끼다. 자기의 행하는 일까지 수수께끼다.

위선? 자기는 결코 위선으로 그러지는 않았다. 자기가 파혼을 거절한 일은 다만 돌발적 변태심리로밖에는 볼 수 없다.

정희는 괴로운 한숨을 한번 내어 쉰 뒤에 돌아누웠다. 무겁고도 상쾌한 졸음이 그의 머리를 눌렀다.

동경東京. 사흘 뒤에 정신이 좀 똑똑하여지며 괴로운 잠에서 깬 정희는 문득 동경을 생각하였다. 슬퍼하는 자 백만과 기뻐하는 자 백만, 춤추는 자 백만과 통곡하는 자 백만을 포용하고도 조금도 모甬를 보이지 않는 널따랗고 커다란 '동경'의 품을 그는 생각하였다.

남편 끝에서 수천 호가 타지는 큰 불이 있으되 북편 끝에서는 (신문을 보기 전에는) 그것을 알지도 못하느니만치 큰 동경, 활동사진 관만 다 구경하려도 한 달의 날짜를 가지고야 하는 널따란 동경, 하루에 새로운 부부 수백 쌍과 새로운 독신자 수백 쌍을 내면서도 신문 기자까지도 그런 일은 눈떠 보지도 않느니만치 분주스런 동경.

그 가운데 있는 유토피아 천초淺草며 젊은이의 일비곡日比谷, 은좌銀座, 신전神田의 낡은 책방, 더구나 지금이 한창일 야시의 금어金魚며 꽃 화분들. 이것들은 모두 상처받은, 쓰라리고 외로운 정희의 마음에는 봄 동산의 진달래와 같이 떠올랐다.

그리고 그 가운데를 활보하던 이태 전의 자기를, 그는 눈물 머금은 마음으로 회상하였다.

좀 뒤에 아버지가 자기의 방에 들어왔을 때, 정희는 다짜고짜로 동경을 가겠노라고 말하였다.

"동경? 무얼 하러?"

"몸두 좀 쉬이기 위해서…."

아버지는 물끄러미 정희의 옷깃을 바라보았다.

"몸? 몸을 쉬러 동경을 가?"

그런 뒤에 아버지는 혼잣말같이 중얼거렸다.

"몸을 쉬이러? 마음을 쉬이러?"

아버지는 주머니에서 파이프를 꺼내어 담배를 붙여서 한참 뻐근뻐근 빨면서 가만히 있다가 또 입을 열었다.

"너 최성구 어디 있는지 아느냐?"

"몰라요."

정희는 외마디로 대답하였으나, 이것뿐으로는 부족한 듯도 하고 혹은 어떻게 보면 모욕당한 것 같기도 하여 다시 한마디 보태었다.

"알 수 없어요. 알 필요도 없구…."

"성구가 동경으로 간 듯싶지 않냐?"

"아버지…."

정희는 벌컥 성을 내었다.

"아버지께서 그렇게 생각하시구 의심하시면 전 동경 그만두겠습니다. 몸을 쉬기 위해서는 동경 아니라두…."

"얘, 정희야! 마음을 진정하고 생각해서 말해라. 내 말을 그렇게 해석 할 바가 아니다. 가구 싶으면 가거라. 또 싫으면 그만 두어라. 그것은 하여간, 난 당초에 네 마음을 알 수가 없다. 남영식이와 혼약을 한 것도 네가 한 일이고 결혼 날짜를 정한 것도 네가 한 일이 아니냐? 너도 아는 바 결혼 날까지 이제 며칠 남지 않았다. 그런데 이제 갑자기 동경을 가겠다는 것은 결혼을 연기하겠다는 뜻으로밖에는 볼 수가 없지 않느냐? 최성구가 네 서방이 되거나 남영식이가 네 서방이 되거나, 네가 서방을 오늘 맞거나 십 년 뒤에 맞거나, 그런 것은 나는 도무지 모른다. 모르나 그, 저…."

아버지는 벌떡 일어서서 방안을 거닐기 시작하였다.

"가고 싶으면 오늘 저녁으로라도 가라. 그러나 남씨한테는 무에라고 말해 두라느냐?"

"…"

"어디 대답해 봐라."

"무에랄 것 없지요. 건강만 회복되면 곧 돌아온다고 그래 두면 그뿐이지요."

아버지는 숨을 한번 길게 내어 쉬었다.

정희는 아버지를 쳐다보았다. 딸과 연구와 담배. 이 세 가지밖에 는 이 세상에 아무 오입이라는 것을 알지 못하는 이 늙은 아버지, 아버지의 얼굴은 외로웠다. 자기의 다만 하나의 혈속血屬인 정희에 게서까지 마음을 열어 헤친 사정을 듣지 못한 아버지의 얼굴은 외 로웠다.

정희는 머리를 숙였다.

"아버지 내 마음을 좀 구체적으로 설명해 보겠습니다. 아버지 두 말씀하신 바같이 남씨와 혼약을 한 것은 사실 돌발적, 그 무에 라고 설명할지는 모르지만 말하자만 돌발적 심리예요. 그러나 저 는 넉넉히 남씨를 남편으로 공경할 만한 자신이 있습니다. 소위 사 랑은 없다 할지 모르나 믿음과 공경은 넉넉히 바칠 자신이 있습니 다. 그리고 부부 생활에는 그 서로 믿는 마음과 서로 공경하는 마 음이 무엇보다도 귀한 줄 압니다. 철없는 연애니 무엇이니 하는 것 보다 건전한 믿음이 오히려 부부 생활의 기초를 굳게 하는 것인 줄 압니다. 누가 무에라든 저는 남씨와 혼약한 계집애예요. 이번 에 갑자기 동경을 가겠다는 것도…"

정희는 말을 끊었다. 하마터면 또 거짓말이 그의 입에서 흐를 뻔하였다.

"한 일 년 동안 동경 가서 좀 편안히 쉬려고 했어요. 그래도 아

버지가 그만두라시면 그만두겠습니다. 어저께는 몹시도 가고 싶었
지만 지금은 그 마음도 좀 적어졌고…."

아버지는 담배를 털었다.

"누가 가지 말라느냐? 그저 네 마음대로 해라. 나는 전에도 네
자유를 조금도 구속치 않거니와 장래에도 그럴 마음이 없다. 가고
싶으면 가고 가기 싫으면 그만두고."

"그리 갈 생각도 없어요."

"싫으면 그만둘 뿐이지."

아버지는 간단히 결론하였다.

그러나 한 주일쯤 뒤에 정희는 동경 땅을 밟게 되었다. 이번의
정희의 동경행에 극력으로 찬성을 한 사람은 정희의 약혼자인 남
영식이었다. 무슨 까닭으로? 별로이 이유는 없었다. 다만 동경이란
곳은 웬만한 슬픔이며 근심은 저절로 사라지는 곳이라는 남영식
자기의 경험에서 나온 결론의 결과였었다.

동경은 정희가 있던 이태 전보다도 온전히 달라졌다. 시가의 변
화, 습관의 변화는 둘째 두고 전차 선로 계통의 변경에는 정희는
적지 않은 괴로움을 받았다.

여름 방학 때로서 귀국한 학생이 많은 때라 어렵지 않게 하숙
하나를 얻은 정희는 그날 밤으로 천초淺草로 뛰어가서 활동사진관

에 뛰쳐 들어갔다.

귀국한 뒤에 한 번도 활동사진이라고는 가보지 못한 정희는 여기서 삼사 년 전의 소녀 시대의 자기를 발견한 듯하였다. 시끄럽고 답답한 숙녀 생활을 이태나 하던 정희는, 여기서 다시 한 학생인 자기를 발견하였다.

'니꼬니꼬 대회(ニコニコ大會)'였었다. 한 칠팔 년 전에 전기관電氣館에서 그때의 유행 광대이던 채플린이며 소위 '뚱뚱보'이며 이런 광대들의 희극을 몇이 모아 가지고 희극대회를 열 때에 붙인 이 '니꼬니꼬 대회'라는 이름은 명칭 그것뿐으로도 정희의 마음을 매우 젊게 하였다.

"벙글벙글 대회?'

정희는 한번 그 말을 번역하여 외어보고 스스로 씩 웃었다. 광대들은 정희의 온전히 모르는 사람들이었다. 하롤드 로이드, 찰스 레이, 더글러스. 희극의 취미며 플롯도 그 당시와는 온전히 달라졌다. 채플린의 희극 방식이 아직 좀 남아 있는 흔적이 보이기는 하지만 모든 것은 근본적으로 변하였다.

진화進化?, 퇴화退化? 이것은 활동사진이란 것의 정의定義를 두기에 따라서 진화로도 볼 수 있고 퇴화로도 볼 수 있지만 그런 어려운 문제는 둘째로 두고 정희는 이 대단한 변화에 일종의 애수와 함께 일종의 즐거움을 얻었다.

'역시 동경은 좋다.'

돌아오는 길에 터질 듯이 좁은 전차에 끼어서 빛나는 거리거리를 꿈결같이 내다보면서 정희는 이렇게 생각하였다.

이튿날 그는 모교母校를 찾아가 보려 하였다. 자기보다 삼 년 아래급이던 자기를 극진히도 따르던 S며 K의 앞에 한 개 숙녀인 자기를 발표하여 보겠다는 것도 정희의 조그만 **자과심自誇心***의 하나이지만, 그보다도 그는 자기가 사오 년 동안을 고생하던 기숙사며 교사도 볼 겸 자기를 사랑 혹은 미워하던 선생들에게 한 번 가서 머리를 숙이고 인사를 드려보겠다는 이상한 충동 때문이었다.

조반을 먹은 정희는 곧 전차를 타고 백금대정白金臺町까지 왔다. 오른쪽으로 꺾어져서 언덕을 하나 내려서면 그의 정다운 모교가 있는 곳이었다.

그의 가슴은 뛰놀았다. 그는 다리가 허둥허둥 길다란 언덕을 내려서 또 왼쪽으로 꺾어졌다. 거기가 그의 모교였다. 무성한 아카시아 틈으로 정희는 때때로 펄럭이는 남빛과 자줏빛을 보았다. 쿵하는 소리가 들리며 풋볼이 떠올랐다. 수백의 장래의 레이디들의 깩깩거리는 즐거운 웃음 소리가 들렸다.

그 길에는 사람도 적었다. 정희는 아카시아 담장 쪽으로 곁눈질을 하면서 대문 있는 편으로 향하였다.

그러나 대문 앞까지 이른 정희는 문득 더욱 걸음을 빨리하여 곁눈질도 안 하고 도망하듯이 대문을 거저 지나가 버렸다. '누가 나를 보지나 않았을까?'하는 걱정과 '누가 보았으면'하는 바람의 생각이 그의 마음을 눌렀다.

정희는 그 학교를 썩 지나가서 몰래 학교 쪽을 돌아다보았다. 무성한 포플러 등 수풀 그 가운데는 정희 자기가 심은 나무도 있을 것이었다. 자기가 기대고 책을 보던 나무, 또는 자기가 숭배하는 사람들의 이름을 칼로 새긴 나무도 있을 것이었다. 정희는 머리를 수그리고 빨리 담장을 돌아서 다시 전찻길로 향하였다. 마침 운동시간이 끝났는지 교실에서 땡땡 울리는 종소리가 들렸다.

그날 밤 정희는 자리에 누워서 울었다. 다시 한 번 추억한 뒤에 눈물로써 장사하려던 '과거'는 그의 모르는 틈에 그의 곁을 빠져 지나가버렸다. 그 꽃동산과 같은 아름다운 클럽에 자기는 참가할 자격은 둘째 두고 참가할 용기까지 없는 할머니였다. 도망하지 않을 수 없느니만치 그것을 오히려 두려워하는 늙은 자기였다.

이틀 뒤 일요일에 정희는 그 모교 생도이며 자기를 퍽 따르던 S를 미쓰코 삼월三越에서 만났다. 그러나 정희는 그를 피하였다. S

도 정희를 몰라보는 듯하였다.

'과거'는 역시 멀리서 바라볼 것이었다. 가까이서 그것을 보려던 정희는 거기서 무정과 한숨밖에는 발견한 것이 없었다.

어떤 날 밤, 긴자의 밝은 거리를 돌아다니던 정희는 거기서 문득 같은 해에 한 학교를 졸업한 A라 하는 여편네를 만났다.

"아라!"

"아라!"

둘의 눈은 똑 마주쳤다. '아라' 소리와 함께 든 손을 서로 잡았다.

"좌우간 잠깐 들어가서 이야기나 해요."

A는 정희를 끌고 그 근처의 어떤 깨끗한 카페로 들어갔다.

"아이스크림!"

A는 웨이터에게 명령한 뒤에 맵시 나는 담배를 한 꼬치 꺼내어 붙여 물었다.

"A씨 담배를 잡수세요?"

정희는 놀라서 물었다.

"네, 정희 씨는 아직?"

"망칙해!"

"잡쉬봐요, 좋으니. 좌우간 참 오래간만이구려."

둘의 사이에는 여편네에게 상당히 오래간만에 만나는 인사가 오갔다.

"자, 아이스크림 잡수세요. 그런데 정희 씨 결혼하셨어요?"

정희는 대답 없이 적적히 웃었다.

"응, 아직 안 했구먼. 안 했으면 이후에라도 아예 할 생각을 말아요. 참, 귀찮어."

"당신은 했어요?"

"했기에 말이지요. 참 결혼은 인생의 무덤이에요."

정희는 A를 자세히 보았다. A는 얼굴이며 그 사상까지 이태 전보다 다름이 없었다. '부인세계婦人世界'라는 잡지에서 지식을 흡수하는 그의 정도는 이태 전과 조금도 다름이 없었다.

"난 이제라도 다시 이혼을 하고 독신이 될까 해요. 모든 일이 다 시끄럽고 귀찮고…"

"난 이제 귀국해서 결혼할까 하는데요."

"그만둬요. 필연코 후회할 테니."

"왜?"

"모든 일이 다 시끄럽고 부자유고."

"A씨도 부자유예요?"

"부자유고말고요."

정희는 웃으면서 다시 A를 보았다. 그리고 그 '부자유'라는 것도 의미가 명료치 못한, 다시 말하자면 '여인으로서의 자유'라는 것을 이해치 못하고 잡지 등에서 본 바의 중상重商에 지나지 못하는 것임을 알아보았다.

"난 이렇게 생각합니다. 자유 부자유는 둘째 문제이고 결혼은 사람의 의무라고."

"무에요?"

"의무에는 부자유가 섞일 테지요."

"정희 씨는 대단히 변했는데요."

"변했지요?"

정희는 아이스크림을 한 술 떠먹었다.

"오래간만에 만나서 토론 그만둡시다. 좌우간 정희 씨의 사상은 구식이에요."

A는 쾌활히 웃었다.

"구식! 진리는 신구가 없어요."

A는 놀란 듯이 정희를 보았다. 사실 오십 년 전 사상을 구사상이 아니라는 사람을 A는 이해할 수가 없었을 것이다.

"정희 씨, 그새 귀국해서 잡지 안보셨어요?"

"아니오."

"그럼 무엇했어요?"

"연애!"

"네?"

A는 다시 한 번 눈을 크게 떴다.

"그 결과로 지금과 같은 결론을 얻었어요?"

"네, 그 결과."

"그런 별한 결론을?"

"네."

둘은 한꺼번에 크게 웃었다.

"놀랐어!"

"놀랐지요? A씨 나도 놀랐어요."

사실 정희도 놀랐다.

한 달 전, 아니 이십 분 전까지도 정희는 A와 같은 사상을 가진 여편네였다. 그것이 그 이야기하여 나아가는 중에 어느덧 아직껏 마음속에 잠복하여 있던 새 생각이 머리를 든 것이었다.

"이봐요, A씨. 이 세상은 무섭고 강하고 쓰라려요. 우리가 이 세상을 농담으로 넘겨버리려면 모를 일이지만 경건한 삶을 살아가자면 마치 사람이 겨울의 찬바람을 막기 위해서 집을 지은 것과 같이 약한 여인에게는 굳센 그 지아버니라는 사람이 필요해요. 그리고 소소하고 좀살스러운 일은 돌아볼 줄 모르는 '사람'에게는 또한 보조벽補助壁으로 마누라라는 것이 필요하지 않아요? 그리고 그 강한 힘에 대한 보호벽保護壁인 남편과 소소한데 대한 보조벽인 마누라가 서로 돕고 믿고 힘쓰고 하는 데서 생겨나는 사랑, 이것이 참 연애겠지요. 그 밖의 사랑은 아무런 것이든 연애라고 명명치 못할 것이에요. 젊은 남녀의 사랑, 그런 것은 춘정春情이라고 밖에는 설명할 수 없고. A씨, 나는 얼마 뒤에 돌아가서 결혼해요. 그리고 그것이 내 의무고 권리고 그리고 마지막으로 말이외다, 내 즐거움으로 생각합니다."

이것은 모두 정희의 참 마음에서 나온 말이지 결코 일시적 반항에서 나온 말이 아니었다. 한때의 흥분으로 떠올랐던 그의 마음이 내려앉는 것과 동시에 그의 사상은 이만큼 변하였다.

A는 달갑지 않은 듯이 듣고 있다가 정희의 말이 끝나는 것을 기화로 보이를 불러서 포도주를 청하였다.

밤 열한 시쯤 그들은 카페를 나섰다. 작별할 때는 정희는 A에게서 한번 찾아오란 말과 자기는 삼사일 후에 머리를 깎아 버리겠단 말을 들었다.

정희는 하숙인 교회로 향하는 쓸쓸한 전차에 앉아서 A의 생각을 하면서, 그 얌전하고 사기 없고 쾌활하던 사랑스런 계집애를 이런 비속卑俗된 여인으로 변케한 '시대'라는 것을 밉게 여겼다.

『조선문단』, 1925년

---

**방백**: 관찰사.
**저퍼할**: 두려워할.
**고즈너기**: 말없이 다소곳하게.
**자과심自誇心**: 자기를 자랑하려는 마음.

김동인 단편소설

2편

김연실전

# 김연실전

1

연실妍實이의 고향은 평양이었다.

연실이의 아버지는 옛날 감영監營의 **이속吏屬**\*이었다. 양반 없는
평양서는 영리營吏들이 가장 행세하였다. 연실이의 집안도 평양서
는 한때 내로라고 뽐내던 집안이었다.

연실이는 부계父系로 보아서 이 집의 맏딸이었다. 그보다 석 달
뒤에 난 그의 오라비동생이 그 집안의 맏상제였다. 이만한 설명이
면 벌써 짐작할 수 있을 것이지만, 연실이는 김영찰의 소실 - 퇴기
退妓 - 소생이었다.

김영찰의 딸이 웬일인지 최 이방을 닮았다는 말썽도 어려서는
적지 않게 들었지만, 연실이의 생모와 김영찰의 새의 정이 유난히

두터웠던 까닭인지, 소문은 소문대로 젖혀 놓고 연실이는 김영찰의 딸로 김영찰에게 인정이 되었다.

조선에도 민적법民籍法이 시행될 때는 그때 생모를 여읜 연실이는 김영찰의 정실의 맏딸로 민적에 오르고 연실이보다 석 달 뒤에 난 맏아들은 민적상 연실이보다 일 년 뒤에 난 한 부모의 자식으로 오르게 되었다.


조선의 개명開明은 예수교라는 물결을 타고 서북西北으로 먼저 들어왔다. 이 다분의 혁명적 사상과 평민사상을 띤 종교는, 양반의 생산지인 중앙조선이며 남조선으로 잘 받지 않는 동안, 홍경래洪景來를 산출한 서북에 먼저 들어왔다. 들어오면서는 놀라운 세력으로 퍼지기 시작하였다.

때 바야흐로 한토漢土에서는 애신각라愛新覺羅 씨가 이룩한 청나라의 삼백 년 기업도 흔들림을 보고 원세개라 여원홍이라 손일선이라 하는 이름들이 조선 사람의 입으로도 수군거리우는 시절에 예수교라는 새로운 도덕학과 그 예수교에 뒤따라 조선에 들어온 '개명사상'이 조선에서 제일 먼저 부인한 것은, 양반 상놈의 계급, 적서嫡庶의 구별, 도덕만을 숭상하는 구학문 등이었다.

이런 사상의 당연한 결과로서 조선 온갖 곳에 신학문의 사립학교가 설립되었다.

평양에도 청산학교靑山學校라는 소학교가 설립되었다.


학도야 학도야

저기 청산 바라보게.

고목은 썩어지고

영목은 소생하네.


이 학교의 교가삼아 지은 이 창가는, 삽시간에 권학가勸學歌로 온 조선에 퍼지었다. 청산학교 창립의 뒤를 이어, 벌써 평양에 몇 군데 생긴 예배당에 부속 소학교가 설립되었다.

그 곧 뒤를 이어서 진명여학교進明女學校라 하는 여자 교육의 소학교까지 설립이 되었다. 진명학교는 설립되면서 어느덧 평양 시민에게 '기생학교'라는 부름을 들었다. 장래의 기생을 만들어 낸다는 뜻이 아니었다. 현재 재학생 중에 기생이 많다는 뜻도 아니었다. 아직도 옛 사상에서 벗어나지 못한 평양 시민들은 자기네의 딸을 학교에 보내기를 꺼린 것이었다.

더욱이 그때의 학령學齡이라는 것은 열 살 이상 열다섯 내지 열일여덟이었으매 그런 과년한 딸을 백주에 길에 내놓으며 더욱이 새파란 남자 선생한테 글을 배운다든가 하는 일은 가문을 더럽히는 일이며, 잘못하다가는 딸에게 학문을 가르치려다가 다른 일을 가르치게 될 것을 염려하여 진명여학교의 설립을 무시하여 버렸다.

그 대신 '내외'를 그다지 엄히 지킬 필요를 느끼지 않는 기생의 딸 혹은 소실의 딸들이 이 학교에 모여들었다. 이렇게 되기 때문에 더욱이 염집의 딸들은 이 학교를 천시하고, 드디어 그 칭호까지도 진명학교라 부르지 않고 기생학교라 부르게까지 된 것이다.

연실이는 진명학교가 창립된 지 석 달 만에 이 학교에 입학하였다. 연실이가 이 학교에 입학한 것은 단지 소실의 딸이라는 자유로운 신분 때문만이 아니었다.

첫째로는 신학문의 취미를 보았기 때문이었다.

무론 기역 니은은 언제 배웠는지 모르는 틈에 배웠지만, 그 밖에 무엇보다도 연실이에게 호기심을 일으키게 한 것은 산술이었다. 그 전해에 소학교에 입학한 오라비동생의 학과 복습을 보살펴주다가 저절로 아라비아 숫자를 알게 되고 알게 되면서 어느덧 오라비보다 앞서게 되어, 오라비는 학교에서 가감을 배우는 동안 연실이는 승과 제도 넘어서서 분수分數까지 올라가게나 되었다. 이것이 그로 하여금 신학문에 취미를 갖게 한 첫째 원인이었다.

둘째로 그가 학교에 가고 싶게 된 동기는 그의 가정 사정이었다.

연실이의 아버지가 과거의 영문 이속이라 하나 다른 이속들보다 지체가 훨씬 떨어지었다. 다른 이속들은 대대로 이속 집안이든가 혹은 서북 선비의 집안 후손으로, 여러 대째 내려오는 근본 있는 집안이었지만, 연실이의 아버지는 그렇지 못하였다.

연실이의 할아버지는 군정軍丁이었다. 군정 노릇을 하며 상관의 비위를 맞추어서 돈냥이나 장만하였다. 그 장만한 돈으로 아들을 위하여 영리의 자리를 사주었다. 얼마 전만 하여도 군정의 자식이 아무리 돈이란들 영리 자리를 살 수 있으랴만 그때 마침 유명한 M감사가 평안 감사로 내려온 때라, M감사에게 돈만 바치면 아무것이라도 할 수 있는 시대였더니만치, 감히 바라도 보지 못할 자리를 점령한 것이었다.

목적은 치부致富에 있었다. 몇 해 잘 어름거려서 호방戶房 자리만 하나 얻으면 몇 십 만 냥을 모으기는 여반장인 시대라 호방을 목표로 영리의 자리를 샀었다. 그런데 불행히도 김영찰이 호방에 오르기 전에 일청전쟁이 일어나고, 일청전쟁의 뒤에는 관제 변혁으로 김영찰 평생의 꿈이 헛되게 돌아갔다.

이렇게 되매 김영찰의 입장은 딱하게 되었다. 평양서는 그래도 지벌을 자랑하는 가문에서 김영찰을 군정의 자식이라 하여 천시

하였다. 그러나 김영찰로 보자면 자기의 아버지는 여하컨 간에 자기는 관속이었더니만치 아버지 시대의 동료들과는 사귀기를 피하였다. 개밥의 도토리와 같이 비어져 나왔다.

만약 이런 때에 김영찰로서 조금만 눈을 넓게 뜨고 보았다면, 자기의 장래를 상로商路든가 혹은 다른 방면에서 발견하였을 것이다. 그러나 그의 선조 대대로 군정 노릇을 하였고 그 자신은 관리로까지 출세를 하였다가 관리로서 충분히 자리도 잡아 보기 전에 다시 앞길을 잃어버린 사람이라, 관료적 심정 및 권력에 대한 동경심이 마음에 불타올라서 다른 방면을 돌볼 여유가 없었다. 여기서 김영찰은 새로운 정세 아래서의 관리 자리를 얻어 보려고 동분서주하였다.

이런 계급과 이런 사상의 사람의 예상사로 김영찰은 첩살림을 하였다. 더욱이 몇 해 전만 하여도 기생들은 김영찰을 영문 이속이라 차마 괄시는 못 하였지만 지체 있는 기생들은 김영찰을 군정의 자식이라 하여 속으로 멸시를 하였는데, 이즈음은 그런 관념이 타파된 위에 기생으로 볼지라도 예전과 달라, 행랑집 딸, 술집 계집애들이 수심가깨나 하게 되면 함부로 기생이 되어, 기생의 지위가 떨어지기 때문에 누구를 괄시하든가 할 수는 없이 되어, 김영찰 같은 사람은 이런 사회에서,

"어이, 내가 M판서대감이 평안 감사로 내려오셨을 적에… ."

하며 호기를 뽑을 수 있는 고귀한 손님쯤으로 되어서, 화류계의 중심인물쯤 되었다.

이런 가장에게 매달린 그의 가정은 냉락冷落한 가정이었다. 이 가정 안에서 연실이를 사랑할 수 있고 또한 사랑할 의무를 가진 사람은 오직 그의 아버지뿐이어늘 아버지라는 사람이 집에 들어오는 일조차 쉽지 않으니 연실이는 사랑을 받지 못하고 자랄 수밖에 없었다.

연실이의 적모(嫡母: 민적상으로는 생모)는 군정의 며느리로 온 사람이니만치 교양 없이 길러난 사람이었다. 그런 사람이 시집을 왔으면 남편에게라도 교양을 받았어야 할 것인데 남편 역시 그렇고 그런 사람이라, 아내를 가르친다든가 할 만한 사람이 못 되었다.

군정의 며느리로 시집온 것이 운수 좋아서 영찰의 아내가 되었다고 **교악**\*만 잔뜩 가지게 된 사람이었다. 이런 사람의 특색으로 자기의 과거는 생각지 않고 남을 수모하기는 여지없는 종류의 사람이었다.

사사에 연실이를 꾸짖었다. 잘못한 일은 둘째 두고 잘한 일이라도 꾸짖었다. 꾸짖는 때는 반드시,

"제 에미년을 닮아서."

"쌍것의 새끼는 할 수 없어."

하는 말 끼우기를 잊지 않았다.

자기의 소생 자식들을 책망할 때도,

"쌍것의 새끼하구 늘 놀아서 그 꼴이란 말이냐?"

하고 연실이를 끌어 대었다.

이런 어머니의 교육 아래서 자라는 연실이의 이복동생(사내 둘과 계집애 하나)들이라, 동생들이 제 누나 혹은 언니에게 대해서 처하는 태도도 자기네는 양반이요 연실이는 상것이라는 관념 아래서 출발한 것이었다.

이런 가정 안에서 이런 환경 아래서 자라나는 연실이는, 어린 마음에도 온갖 사물에 대한 반항심만 성장되었다.

아무 애정도 가질 수 없는 아버지는 단지 무시무시한 존재일 뿐이었다. 게다가 적모에게 흔히 듣는 바 '그 낮살에 계집이라면 정신을 못 차리는 더러운 녀석'일 뿐이었다.

적모며 적모 소생의 이복동생들에게 대해서 애정이나 존경심을 못 갖는 것은 거듭 말할 필요도 없었다.

그뿐 아니라, 자기가 갓 났을 때 저세상으로 간 자기의 생모에게조차 호의를 가질 수가 없었다. 이런 환경의 소녀로서 가슴에 원한이 사모칠 때마다 생각나는 것은 자기의 생모이겠거늘, 표독하

게도 비꼬여진 연실이의 마음은,

'왜 그것이 화냥질을 해서 나까지 이 수모를 받게 하는가.'

하는 원망이 앞서서, 도저히 호의를 가질 수가 없었다.

부계로 보아 양반(?)의 자식이라는 자긍심을 가지고 싶은데 그
것을 방해하는 모계가 저주하고 싶었다.

이렇게 가정적으로 정 가는 데도 없고 사랑 붙일 데도 없는 연
실이는 어떤 날 자기 이모 - 노기老妓 - 의 집에 놀러 갔다가 진명
학교라는 계집애학교가 있단 소식을 듣고, 열 살 난 소녀로서 부
모의 승낙도 없이 입학 수속을 하여 버린 것이다. 물론 부모에게
알리면 한번 단단한 경을 칠 줄은 번히 알았지만, 경에 단련된 연
실이는 그것이 그다지 무섭지도 않았거니와 두고두고 그 집에 박
혀 있느니보다는 한번 경을 치고라도 학교에 다닐 수만 있었으면
다행이었다.

그랬는데 요행히도,

"제 에미를 닮아서 간도 큰 계집애로군. 사내로 태어났스믄 역
적 도모 하겠네."

하는 독 있는 욕을 먹은 뒤에 비교적 순순히 승낙이 되었다. 아마
어머니로서도, 집안에서 만날 보기 싫은 상년을 보느니보다는 낮
만이라도 학교로 정배를 보내는 것이 속이 시원하였던 모양이었다.

그러나 진명여학교도 창립한 다음다음 해에는 도로 문을 닫혀 버리지 않을 수가 없게 되었다. 그 학교의 창립자는 당시 이름 높던 청년 지사였다. 그 창립자가 바야흐로 개화의 물결에 타고 오르려는 서북 조선 각 지방을 돌아다니면서 유세遊說하여 구하여 들인 기금이 차차 학교 경영의 기초를 든든히 할 가망이 보였으나 사위 사정의 급변화는 이 청년 지사로 하여금 자기의 사업에 정진치 못하게 하여, 그는 자기의 나고 자라고 한 땅을 등지고 멀리 해외로 망명을 하였다.

그가 외국으로 달아날 때에 고국에 남기고 간 '간다 간다 나는 간다. 너를 두고 나는 간다'의 노래가 온 조선 방방곡곡에 퍼지게 된 때쯤은, 진명여학교는 창립자의 후계자인 어떤 여사女史가 애써 유지하여 보려고 노력하였음에도 불구하고 드디어 문을 닫히지 않을 수가 없게 되었다.

이리하여 쓸쓸한 가정에서 한때 자유로운 학원에 몸을 피하였던 연실이는 다시 가정에 들어박히지 않을 수가 없게 되었다.

그때 연실이는 열두 살이었다.

# 2

단 이 년의 진명학교 생활은 결코 기다란 세월이랄 수는 없다. 그러나 이 이년이라는 날짜가 연실이에게 일으킨 변화는 적지 않았다.

학교에서 배운 바의 지식이라는 것은 보잘 것이 없었다. 회도몽학繪圖蒙學제2권까지 떼어서 쉬운 한문 글자를 배우고, 산술은 일찍이 집에서 자습한 분수까지 다시 이르고, 지금껏 뜻은 모르고,

"당기위구 삼천리에 도엽지로세."

하며 부르던 노래가 사실은,

"단기위고 삼천년의 도읍지로세."

하는 것으로 단군, 기자, 위만, 고구려의 삼천 년간의 도읍지라는 '평양가'의 일절이라는 것을 알고,

"지금까지는 우리 조선에서는 여자라는 것은 노예로 알았거니와 결코 그렇지 않습니다. 개명한 세상에서는 여자도 사회에 나서서 일해야 됩니다. 그러기 위해서는 교육을 받아야 합니다."고 사

자후하던 진명학교 창립 선생의 말로써 노예(뜻은 모른다)이던 여자가 교육받게 된 것이라는 것을 아는 등, 학교에서 직접 얻은 지식보다도 그의 학교생활 때문에 생겨난 성격의 변화와 인식의 변화가 더욱 컸다. 규칙 없이 순서 없이 너무도 급급히 수입한 자유사상 아래서 교육받으며 진명학교 학우들 틈에서 자라는 이 년간에 연실이의 마음에 가장 커다랗게 돋아난 싹은 반항심이었다.

학우들이 대개가 기생의 자식이라 가정적 훈련과 교육을 받지 못하고 자유로이 자라난 이 처녀들은 부모를 고마워할 줄을 모르고 부모를 공경할 줄을 몰랐다. 이 처녀들의 어머니가 자기네의 집 안에서 하는 행동하며 말이며 버릇은 결코 자식에게 존경을 받을 만한 바가 못 되었다. 이런 가정 아래서 부모를 공경할 의무를 모르고 자란 이 처녀들은, 따라서 부모(부모라기보다 아비는 없고 어미만이 대개였다)를 무서워할 줄을 몰랐다.

어려서부터 부모 사랑은 몰랐지만 부모 무서운 줄은 알면서 자란 연실이에게는 그것은 처음은 의외였다. 그러나 이 년간을 그 처녀들과 함께 지내며 가정이 재미없으니만치 하학한 뒤에도 동무들의 집에 놀러 가서 온 낮을 보내고 하는 동안 어느 틈에 언제 배웠는지는 모르지만 연실이도 부모에게 대한 공포심을 잃고 그 대신 경멸심을 배웠다.

관념과 인식상의 이런 변화가 드디어 행동으로 나타나는 날이 이르렀다.

한 이 년 간 학교에 다닐 동안 연실이는 어머니와 얼굴을 대할 기회가 몇 번 되지 못하였다.

그전만 같으면 얼굴 보이기만 하면 무슨 트집으로든 반드시 꾸중을 하고 하였는데 한 이 년 간을 학교에 다니면서 밤 이외에는 거진 집에 있을 기회가 없었던 연실이는 따라서 어머니에게 꾸중들을 기회도 없었다. 이 년 동안을 꾸중 안 듣고 지내서 열두 살이라는 나이가 되니(아직 줄곧 대두고 꾸중을 하면서 지내 왔으면 그러하지도 않았겠지만), 어머니도 인제는 꾸중만 하기가 좀 안되었던지, 전보다 꾸중의 도수가 적어졌다. 단지 서로 차디찬 눈으로 대하고 하는 뿐이었다.

그런데 어떤 날(그것은 연실이가 학교를 그만둔 지 만 일 년쯤 뒤였다) 연실이는 학교 때 동무이던 어떤 계집애의 집에 놀러 갔다가 그곳서 불쾌한 일을 보았다. 불쾌한 일이라야 계집애들 특유의 일종의 시기일 따름이었다. 그때 마침 그 동무 계집애는 자기의 동무와 무슨 이야기를 하다가 연실이가 오는 것을 보고 입을 비죽거리며 이야기를 멈추어 버렸다.

이 기수를 챈 연실이는 불쾌한 낯색으로 한참을 앉아 있다가 드디어 제 동무에게 따져 보았다. 따지다가 종내 충돌되었다. 이 엠나이(계집애) 저 엠나이 하면서 맞잡고 싸우기까지 하였다. 그리고 잔뜩 독이 올라서 제 집으로 돌아왔다.

그날이 마침 연실이의 집의 청결날이었다. 머리에 수건을 동이고 청결을 보살피고 있던 어머니가 연실이 돌아오는 것을 보고 핀잔주었다.

"넌 옛날 같으문 시집가게 된 년이 밤낮 어델 떠돌아다니니. 이런 날은 좀 집에 붙어서 일이나 하디. 대테 어데 갔댔니."

여느 때 같으면, 이런 꾸중이 있을지라도 연실이는 못 들은 체하고 방으로 들어가 버릴 것이다. 그러나 이날은 독이 오를 대로 올라서 집에 들어선 참이라, 어머니에게 대꾸를 하였다.

"그러기에 일쯕 왔디요."

독 있는 눈초리와 독 있는 말투였다. 어머니가 벌컥 성을 내었다.

"요놈의 엠나이, 말대답질?"

"물어 보는 거 대답 안 할까."

흥 한번 코웃음치고 연실이는 방 안으로 들어가려 하였다. 그러나 그 순간 연실이의 꼬리는 어머니에게 붙잡혔다. 동시에 주먹이 한번 그의 머리 위에 내렸다.

눈에서 푸른 불길이 이는 것 같은 느낌을 느끼면서 연실이는 홱 돌아서서 어머니를 쳐다보았다. 눈물 한 방울 안 고였다. 단지 서리가 돋칠 듯 매서운 눈이었다.

"요년, 그래 터다보문 어떡할 테가?"

"죽이소 죽에요. 여러 번에 맞아 죽느니 오늘루 죽이라우요."

"못 죽이랴."

또 내리는 주먹 아래서 연실이는 어머니의 치마를 잡고 늘어졌다. 주먹, 발길, 수없이 그의 몸에 내리는 것을 감각하였지만 악이 받친 그는 죽에라 죽에라 소리만 연하여 하며 치맛자락에서 떨어지지 않기만 위주하였다.

한참을 두들겨 맞았다. 매섭게 독이 오른 이 계집애는 사실 생사를 가릴 수 없도록 광란상태에 빠진 것을 알고 어머니가 먼저 무서움증이 생긴 모양이었다.

"놓아라."

치맛자락을 놓으라는 뜻이었다. 뿌리치기도 하였다. 그러나 연실이는 더 매섭게 매달렸다.

"죽에라. 죽기 전엔 못 놓겠구나."

"놓아라."

"내가 도죽질을 했나 화냥질을 했나? 무슨 죄루 매맞아 죽노."

**에누다리**\*를 하면서, 치마에 늘어져서 몸부림치기를 한참을 한 뒤에야, 연실이는 치맛자락을 놓아 주었다.

"독하구 매서운 년두 있다."

딸의 악에 얼혼이 난 어머니는 치마를 놓이면서 저리로 피하여 버렸다. 연실이도 일어났다. 대성통곡을 하면서 자기의 집을 나왔다.

그러나 길모퉁이를 돌아서서 통곡 소리가 집에 안 들리게쯤 되어서는 울음을 뚝 끊쳐 버렸다. 그런 뒤에는 저고릿고름을 들어서 눈물을 닦고 얼굴에 얼룩진 것을 짐작으로 지우고, 지금껏 울던 태를 깨끗이 씻어 버리고 총총걸음으로 그곳서 발을 떼었다.

향하는 곳은 연실이의 아버지가 첩살림을 하고 있는 집이었다. 연실이는 그 집까지 이르러서 대문 밖에서도 찾지 않고 방문 밖에서도 찾지 않고 큰방으로 덥석 들어갔다. 아버지의 목소리가 들리므로 집에 있는 줄은 문 밖에서부터 알았다.

말없이 윗목에 들어와 도사리고 앉은 딸을 김영찰은 첩의 무릎을 베고 누웠다가 머리만 좀 들며 바라보았다.

"너 뭘 하러 왔니?"

여전한 뚝하고 뭉퉁한 소리였다.

"아이구, 너 어떻게 오니?"

그래도 첩은 다정한 티를 보이며 절반만치 몸을 일으키며 김영
찰에게는 퇴침을 밀어 주었다.

드디어 폭발되었다. 연실이는 왕 하니 울기 시작하였다. 아까는
악에 받친 울음이었거니와 이번은 진정한 설움이었다.

"울기는 왜. 왜 울어."

"쫓겨났어요."

울음 가운데서 연실이는 거짓말을 하였다.

"쫓겨나긴. 민한 소리 말구 집에 가기나 해라."

그러나 연실이는 울음을 멈추지도 않고 더 서러운 소리를 높였
다.

쫓겨난 것이 아니라, 단지 어린 가슴이 너무도 아파서 육친인 아
버지라도 보 싶어서 온 것이었다. 다정한 말까지도 바라지 않는다.
그러나 아버지의 눈자위에 나타난 귀찮은 표정은 이런 방면에 몹
시도 예민한 연실이에게는 더할 나위 없이 서러웠다. 하다못해 불
쌍하다는 표정만이라도 왜 지어 줄 줄을 모르는가.

"애기 너 점심 먹었니? 국수 시켜다 줄게 먹을래? 울디 말아. 미
워서 내쫓으시겠니? 자, 국수 시켜다 줄게 먹어라."

그러나 연실이는 완강히 머리를 가로저었다.

그날 밤 연실이는 아버지의 작은댁에서 묵었다. 아버지는 가라

고 몇 번을 고함질쳤지만 연실이도 일어나지 않았거니와 작은댁도 일껏 아버지를 찾아왔으니 하룻밤 자고 내일 아침 어머님의 노염이 삭은 뒤에 돌아가라고 말렸다.

그날 밤 연실이는 몹시 불쾌한 일을 보았다. 인생의 가장 추악한 한 변을 본 것이었다.

"곤할 텐데 일즉 자거라."

저녁 뒤에 아버지는 이렇게 호령하여 윗목에 자리를 깔고 자게 하였다. 건넌방에는 첩 장인의 내외가 있는 것이다.

연실이는 자리에 들어갔으나 오늘 낮에 겪은 가지가지의 일이 머리에 왕래하여 좀체 잠이 들 수 없었다.

아버지는 딸을 재운 뒤에 소실에게 술상을 불렀다. 그리고 한참을 술을 대작하였다. 그 뒤부터 추악한 장면은 전개되었었다. 이 부자리를 펴고도 그 속엔 들지도 않고 불도 끄지 않고 이 벌거숭이의 중년 사나이와 젊은 애첩은 온갖 추태를 다 연출하였다.

"김동아, 아가, 무얼 주련."

"나."

"너의 본댁으로 가려무나."

"늙은 건 싫어."

어느 때는 제법 점잔을 뽑는 중늙은이가 어린 첩에게 어리광을 부리며 엎치락뒤치락하는 그 꼬락서니는 정시치 못할 일이었다.

기생의 딸 가운데 동무를 많이 갖고 있고, 그새 삼 년간을 거진 동무들의 집에서 세월을 보낸 연실이는 성性에 대해서도 약간의 이해를 갖고 있는 계집애였다. 자기의 아버지와 그의 젊은 첩이 지금 노는 노릇이 무엇인지도 짐작이 넉넉히 갔다.

연실이는 이불 속에서 스스로 얼굴이 주홍빛으로 물들어 오르는 것을 알 수가 있었다.

'낫살이나 든 것이 계집을 보면' 운운하던 적모嫡母의 말은 자기의 체험에서 나온 것인지 추측해서 나온 것인지는 알 수 없지만, 아버지가 여인에게 대해서 하는 행동은, 제삼자도 얼굴 붉히지 않고는 볼 수가 없는 것이었다.

아버지는 벌써 딸이 잠든 줄 알고 하는 노릇인지는 알 수 없지만, 잠들고 안 들고 간에 자기의 딸을 윗목에 누이고 이런 행동이 취하여질까. 이 천박한 꼴을 무가내하 잠든 체하고 보고 있어야 할 연실이는 어린 마음에도 이 세상이 저주스러웠다.

동무네 집에서 간간 볼 수 있는 바, 동무의 형 혹은 어머니 되는 기생들이 주정꾼이며 오입쟁이들을 상대로 하여 노는 꼴도 아버지와 작은집이 노는 꼴에 비기건대 훨씬 점잖은 편이었다. 설사 무인고도에서 자기네끼리만 놀아난다 해도 자기네 스스로가 부끄러워서 어찌 이다지 승하게 굴까.

얼굴에 모닥불을 놓는 것같이 달고 뜨거웠다. 숨을 죽이고 귀를 막았다.

이튿날 새벽 겨우 동 틀 녘쯤, 아버지가 소실을 품고 곤히 잠든 때에 연실이는 몰래 그 집을 빠져나왔다. 눈물이 좍좍 그의 눈에서 흘렀다.


## 3


그로부터 연실이의 심경은 현저히 변하였다.

연실이는 본집으로 돌아왔다. 어머니에게서 무슨 벼락이 또 내리지 않을까 근심도 되었지만 어머니는 연실이의 악에 진저리가 났던지 들어오는 것을 본체만체하였다.

"천하 맞세지 못할 년."

그 뒤에도 연실이의 잘못하는 일이 있을 때마다 욕을 하려다가는 스스로 움쳐지고 하는 것을 보면 치맛자락 놀음에 적지 않게 진저리가 난 모양이었다. 이전에는 끼니때에는 어머니와 동생들과 함께 큰방에서 먹었지만 그 일 뒤부터는 막간(행랑) 사람을 시켜서 상을 연실이의 방으로 들여보내고 하였다.

큰방에서 어머니가 친자식들을 데리고 재미나게 지내는 모양을 보면 당연히 연실이는 부럽기도 할 것이고 어머니 생각도 날 것이로되, 연실이는 어떻게 된 성격의 소녀인지, 그런 감상이 일어나는 일이 없었다. 단지, 자기와 동갑 되는 커다란 아들을 어린애나 같이 등을 두드리고 머리를 쓸어 주는 어머니를 볼 때마다, 두드리는 어른이나 두들기우는 아이나 다 철부지라 보고 멸시하였다.

천하만사에 정가는 곳이 없고 정붙일 사람이 없는 이 소녀는 혼자서 자기에게 향하여 악을 부리고 자기의 마음을 스스로 학대하며 그날그날을 보냈다. 현실에 대하여 너무도 많은 문제를 가지고 있는 이 소녀는, 이 나이의 소녀가 가질 만한 공상이라는 것도 모르고 지냈다. 장차 어찌 될까 하는 근심이든가 장차 어떻게 하여야겠다는 목적 등은 전혀 없는 세월을 보내고 있었다.

이 연실이가 자기의 생애의 국면을 타개하여 보려고 마음먹게 된 것은 진실로 단순한 기회에서였다.

그의 진명학교 때의 동창생 한 사람이 동경으로 유학을 갔다. 때는 바야흐로 일한합병의 직후로서 동경으로 동경으로 유학의 길을 떠나는 청소년이 급격히 는 시절에, 연실이와는 진명학교 때의 동창이던 최명애라는 처녀(연실이보다 삼 년 위였다)가 동경으로 공부하러 떠났다.

이 우연한 뉴스 한 개에 연실이의 마음도 적지 않게 동하였다.

'동경 유학.'

이 아름다운 칭호에 욕심난 것이 아니었다. 여자로 태어났으면 시집갈 때까 부득이 친정에 있어야 한다는 막연한 생각으로 집에 그냥 박혀 있던 연실이었다. 결코 집이 그립든가 다른 데 가는 것이 무서워서 가만 있은 것이 아니다. 있어야 하는 것으로 알고 있던 것이었다. 그런데 자기의 동창 한 사람이 여자의 몸으로 유학을 떠난다 하는 뉴스에 연실이의 마음도 적잖게 흔들렸다.

'나도 동경 유학을 가리라.'

돈? 앞서는 것은 돈이로되 연실이에게는 돈은 전혀 문제가 아니었다. 자기 생모의 유물로서 금패와 금비녀와 금가락지가 합하여 넉 냥쭝 나마가 있다. 이백 환은 될 게다. 게다가 여차하는 날에는 적모의 금붙이도 허수로이 두었으니 도리가 있을 것이다. 그러나 그보다도 더 간단하고 편한 길이 또 있었다.

그의 적모는 지아버니 몰래 돈을 놀리는 것이 있다. 이것이 들고 나고 하여 어떤 때는 사오십 환에서 수백 환, 때때로는 일이천

원의 돈까지 집에 있을 때가 있다. 드나드는 거간의 눈치만 잘 보면 그 기회도 놓치지 않을 것이고 그것을 손댈 수만 있다면 그 돈은 지아버니 몰래 놀리는 돈이니만치, 속으로 배는 앓아도 내놓고 문제 삼지는 못할 것이다. 서서히 기다리며 이런 좋은 기회를 붙들자면, 수년간의 학비를 한꺼번에 마련할 기회도 생기게 될 것이다.

문제는 어학이었다. 당시에 있어서 일본말이라 하면 '하따라 마따라'니 '하소대시까라'니쯤 밖에도 알지 못하는 연실이었다. 이렁저렁 '가나' 오십 음은 저절로 배워서 '김연실'을 'ㅕㅁㅋㅇ ㅣㅈㄴ'라고쯤은 쓸 줄을 알았으나 일본 음으로 자기 이름조차 알지 못하는 정도였다.

이런 생매기로 '하따라 마따라' 하는 사람들만이 사는 동경 바닥에 들어서서 더구나 '하따라 마따라'로 공부를 하여야겠으니 적어도 여기서 쉬운 말쯤은 배워 가지고 가야 할 것이었다.

무론 부모에게 알릴 일이 아니었다. 절대 비밀히 하지 않으면 안될 것이었다. 그러기 위해서는 연실이의 현재 입장은 비교적 자유로웠다. 아버지가 그런 사람이요. 어머니는 치맛자락 사건 이래로는 일체로 연실이와 맞서기를 피하여 오는지라, 연실이가 나가건 들어오건 간섭하는 사람이 없었다.

그럴 만한 선생과 그럴듯한 장소만 구하면 일부러 집안에 알리기 전에는 자연히 비밀하게 일이 될 것이었다. 화류계에 동무를 많이 가지고 있는 연실이는 선생을 구하는 데도 비교적 힘들이지 않고 성공하였다.

이리하여 그가 열다섯 살 나는 봄부터 어학공부를 시작하였다. 선생이라는 사람은 연실이의 동무의 동무(기생)의 오라버니로서 토지 세부측량이 한창인 시절에 측량기사로 돌아먹던 사람이었다. 배우는 장소는 그 선생의 누이의 집 한 방이었다. 선생의 나이는 스물다섯.

## 4

아직 피지 못하여 얼굴은 깜티티하고 어깨와 엉덩이가 아직 발달되지 못하여 각진 때가 좀 과히 보이기는 하나 열다섯 살의 연실이는 벌써 처녀로서의 자질이 잡혀 갔다.

그러나 아직 '여인'으로서는 아주 무지한 편이었다. 그의 생장한 환경이 환경인지라 남녀가 관계한다 하는 것은 어떤 일을 하는 것이며 어떤 것이라는 것을 (모양으로는) 알았지만 의의意義는 전혀 모르는 '계집애'였다. 사내와 계집은 그런 노릇을 하는 것이거니 이만치 알았지, 어떤 특정한 사내와 특정한 여인이라야 그런 노릇을 하는 것이라는 점이며 그런 노릇에 대한 의의는 전혀 몰랐다.

말하자면 보통 다른 소녀들이 그 방면에 관해서 가지는 지식의 행로行路와 꼭 반대로, 도달점의 형식을 미리 알고, 그 도달점까지 이르려면, 부끄럼, 사랑, 긴장, 환희 등등의 노순路順을 밟아야 한다는 것을 모르는 소녀였다.

그런지라 그만한 낫살의 다른 소녀 같으면 단 혼자서 젊은 남선생과 대한다는 점에 주저도 할 것이고 흥미도 느낄 것이고 호기심도 가질 것이지만 연실이는 아무런 별다른 생각도 없이 단지 한 개 제자가 선생을 대하는 마음으로 공부하러 다녔다.

"아이우에오. 가기구게고. 다디두데도."

썩 후에 동무들에게,

"나는 다, 디, 두, 데, 도라고 배웠소. 하나, 둘을 히도두, 후다두하고 배웠어요. 하하하하."

하고 웃고 하던 어학공부는 이리하여 시작이 되었다.

"カ キ ク ケ コ…."

"タ チ ツ テ ト…."

는,

"응아, 응이, 응우, 응에, 응오."

"따, 띠, 뚜, 떼, 또."

였다.

"두마라나이 모노떼수 응아 또우조."

"응악꼬오니 이기마수."

"응아구오우(ガ゛クコウ)라고 쓰고 응악꼬오라고 읽는 법이어."

이런 선생 아래서 연실이는 조반을 먹고는 선생의 집을 찾아가
고 하였다. 늦으면 저녁때까지도 그 집에서 놀다 배우다 또 놀다
또 배우다 하고 하였다.

<br>

5

<br>

삼월부터 어학공부를 시작한 연실이는 오월쯤은 제법 히라카나
로 적은 소학독본 삼 권쯤은 읽을 수 있도록 되었다. 비교적 기억
력이 좋은 연실이요, 그 위에 어서 배워야겠다는 독이 있으니만치

어학력이 놀랍게 진섭되었다. 삼권쯤부터는 선생이 벌써 알지 못하여 쩔쩔매는 데가 많이 있었지만 어떤 때는 선생보다 연실이가 뜻을 먼저 알아내고 하였다.

그 어떤 날이었다.

본시의 빛깔도 깜티티하거니와 아직 피지 않기 때문에 깜티티한 위에 윤택까지 있고 봄을 타기 때문에 더욱 반질하게 검게 된 얼굴을 선생의 가슴 앞에 들이밀고 앞뒤로 저으면서 독본을 읽고 있던 연실이는 문득 선생의 숨소리가 괴상하여 가는 것을 들었다.

연실이는 눈을 들어 선생의 얼굴을 쳐다보았다. 아까도 선생이 술 먹은 줄은 몰랐는데 지금 그의 눈은 시뻘겋게 충혈되어 있었다.

이 점을 연실이가 이상하게 생각하는 순간에, 선생의 얼굴에는 싱거운 미소가 나타나며 팔을 펴서 연실이의 어깨를 끌었다.

연실이는 선생이 요구하는 것이 무엇인지를 순간에 직각하였다. 끄는 대로 끌리었다. 그날 당한 일이 연실이에게는 정신상으로 아무런 충동도 주지 못하였다. 그것은 연실이가 막연히 아는 바 사내와 여인이 하는 노릇으로, 선생은 사내요 자기는 여인이니 당하게 되면 당하는 것이 당연한 일쯤으로 여겼다.

그때 연실이가 좀 발버둥이를 치며 반항을 한 것은 오로지, 육체적으로 고통을 느끼기 때문이었다. 이런 고통을 받으면서 그 노릇을 하는 것이 여인의 의무라 하는 점이 괴로웠다.

곧 다시 일어나서 아까 하던 공부를 계속하고 있는 양을 사내는 누워서 번번이 바라보고 있었다.

좀 있다가 동무의 동무(이 집 주인 기생)의 방에 건너가서 체경을 보고 그는 비로소 약간 불쾌를 느꼈다. 아침에 물칠하여 곱게 땋아 늘였던 머리의 뒷덜미가 홍켜진 것이었다.

이 사건에 아무런 흥미나 혹은 부끄러움을 느끼지 않은 연실이는 이튿날도 여전히 공부하러 사내를 찾아갔다. 그날 또 사내가 끌어당길 때에 문득 어제 머리 홍켜졌던 것이 생각이 나서,

"가만. 베개 내려다 베구요."

하고 베개를 내려 왔다.

그 뒤부터 사내는 생각이 나면 베개를 내려오라고 하였다. 정 귀찮은 때가 아니면 연실이는 대개 베개를 내리어 왔다. 공부에 피곤하여 좀 쉬고 싶은 때는 스스로 베개를 내려오는 때도 있었다.

그러나 이것은 단지 사내와 여인이 때때로 하는 일이거니쯤으로밖에 여기지 않는 연실이는 염증도 나지 않는 대신 감흥도 얻을 수가 없었다. 처음에 느낀 바 육체적 고통이 덜하게 되었으므로,

직전에 느끼는 공포의 긴장이 덜하게 된 뿐이었다.

연실이에게 말하라면, 사람이 대소변을 보는 것은 저마다 하는 일이지만, 남에게 보이기는 부끄러워하는 것과 마찬가지로 이 일은 좀 더 대소변보다도 비밀히 해야 하는 일이지만, 저마다 하는 일쯤으로 여기었다. 남에게 보이고 더욱이 언젠가 제 아버지와 소실이 하던 꼴대로 추잡히 노는 것은 더러운 일이지만, 비밀히 하는 것은 대소변쯤으로밖에는 보이지 않았다.

연실이는 연하여 그 선생에게 다녔다. 인제는 더 가르칠 만한 것이 그 선생에게는 없었지만 습관적으로 그냥 다닌 것이었다. 선생은 베개를 내려놓으라는 맛에 그냥 받았다.

그냥 어학을 배우는 한편으로 집에서는 돈 거간의 출입에 늘 주의를 가하고 있던 연실이는, 그해 가을 어떤 날 적지 않은 돈이 어머니의 손으로 들어온 것을 **기수채었다**\*.

옷이며 짐은 언제라도 떠날 수 있도록 준비해 두었던 연실이는 그날 밤, 큰방에 들어가서 어름어름하다가 어머니가 변소에 간 틈에 농문 안에 허수로이 둔 돈뭉치를 꺼내어 방망이질하는 가슴을 부둥켜안고 자기 방으로 건너와서, 저녁에 몰래 준비했던 작다란 가방을 보자기에 싸가지고 발소리를 감추어 가지고 집을 빠져나왔다.

한 시간쯤 뒤에는 부산으로 가는 직행열차에 연실이의 작다란 몸이 실리어 있었다. 아무 애수哀愁도 느끼지 않았다. 가정에 대하여 아무 애착도 없던 그는 집을 떠나는 것도 서럽지도 않았으며, 어려서부터 남을 의뢰하는 습관이 없이 자란 그는 낯설고 말 서투른 새 땅에 가는데도 일호의 두려움도 느끼지 않았다. 선천적으로 그런 성격이었는지 혹은 그의 환경이 그를 그렇게 만들었는지는 모르지만, 인간만사에 감동과 흥분을 느낄 줄 모르는 연실이는, 아무 별다른 감상도 없이 평양 정거장을 떠난 것이었다.

'혹은 이것이 **영결**\*일지도 모르겠다.'

가정에 대하여 애착이 없고 장차 사오 년은 넉넉히 지낼 여비를 몸에 지닌 그는, 이번 떠나면 장차 영구히 이 땅에는 다시 올 기회가 없는 듯싶어서 도리어 내심 시원하였을 뿐이었다.


# 6


"아이구, 퍽 곤하겠구나."

미리 편지도 하였고 하관(연실이는 하관下關을 가칸(カカン)으로 알았

다)서 전보도 쳐서 알리었던 최명애가 신바시新橋 정거장까지 나와서 연실이를 맞아 주었다.

연실이는 단지 싱그레 웃었다. 사실 아무런 감상도 없었다. 올 데까지 왔다 하는 생각만이었다. 공상 혹은 상상이라는 세계를 가져 보지 못하고 지금까지 자란 연실이는 현실에 직면하여서야 비로소 현실을 인식하는 사람이지 미리 어떨까고 생각하여 보지도 않는 사람이었다.

동경도 단지 가정에 있기가 싫어서 온 것이지 무슨 큰 희망이 있어서 온 바가 아니라 따라서 동경이 어떤 곳인가 하는 호기심도 없이 덜컥 온 것이었다.

최명애의 인도로 우선 명애가 하숙하고 있는 집에 들었다. 그리고 동경 도착한 지 수일간은 최명애의 앞잡이로 동경 구경도 하며 일변 화복和服도 지으며 장래 방침 토론도 하며 보냈다. 그 결과로서 연실이는 금년 겨울은 어학을 더 준비해 가지고 명년 새 학기에 어느 여학교에 입학을 하기로 대략 결정하였다. 어학을 연습하기에는 마침 명애가 들어 있는 하숙이 예전 사족士族집 과수 노파 단 혼자의 집이라, 주인 노파를 상대로 연습하기로 하였다.

이해 겨울 연실이는 신체상에 여인으로서의 중대 변환기를 맞았다. 금년 봄부터 철모르고 사내를 보기는 하였지만, 아직 소녀를 면치 못하였던 연실이는 이 겨울에야 비로소 여인으로서만이 보는 한 달에 한 번씩의 변화를 보았다.

이 육체상의 변화 발달은 육체상으로뿐 아니라 정신상으로도 연실이에게 적지 않은 변화를 주었다. 막연한 공포감, 그리움, 애처로움, 꿈 등등 그가 아직 소녀시기에 느껴 보지 못한 이상야릇한 감정 때문에, 복습하던 책도 내어던지고 눈이 멍하니 한 시간 두 시간씩을 보내는 일도 간간 있게 되었다.

아직껏 그의 마음에 일어 보지 못한 부모며 동생에게 대한 그리움도 생전 처음으로 그의 마음에 일었다. 선배요 동무인 명애에게 집에서 연락부절로 이르는 가족사진이며 편지 등등이 부러워서 명애가 학교에 간 틈에 그의 편지를 몰래 꺼내 보고, 나도 이렇게 편지를 한번 받아 보았으면 하고 탄식도 하여 보았다.

오랫동안 불순한 가정에서 길러졌기 때문에 한편으로 쫓겨 나가 있던 그의 처녀로서의 감정은 처녀 전환기의 연실이에게 비로소 이르렀다.

이듬해 봄, 그가 명애가 다니는 여학교에 입학을 한 때는 그의 비뚤어진 성격도 적지 않게 교정이 된 때였다.

입학하면서 그는 기숙사에 들어가기로 하였다.

# 7

    학교에 입학을 하고 기숙사에 든 다음에야 연실이는 '조선 여자 유학생 친목회'에 처음 출석하여 보았다. 이전에도 명애가 몇 번을 끌어 보았지만 그런 일에 전혀 흥미가 없는 연실이는 한 번도 출석해 보지 않았다. 이번에도, 명애가 학교에서,

    "오늘 친목회가 있는데 여전히 안 갈래?"

하고 의향을 물을 때에,

    "인젠 학교에도 들고 했으니 가볼 테야."

하면서 미소하였다.

    "그럼 지금까지는 학생이 못 되노라고 안 갔었나?"

    "유학생 친목회에 비非학생이 무슨 염치에 가오?"

    "준비학생은 학생이 아닌가?"

    "하하하하."

    이리하여 그날 저녁 사감의 허락을 받고 연실이는 처음으로 동경에 와 있는 조선 여학생들과 합석할 기회를 얻었다.

    연실이까지 합계 일곱 명이었다. 이 단 일곱 명 가운데, 회장 부

회장이 있고 서기가 있고 회계가 있었다. 아무 벼슬도 하지 못한 사람은 명애와 연실이와 황해도 여학생이라는 스무 살 가량 난 사람뿐이었다.

이 단 일곱 명의 친목회에서 먼저 서기의 경과보고가 있고 회계의 회계보고가 있은 뒤에, 회장의 연설이 있었다.

우리는 선각자외다. 조선 이천만 백성 중에 절반을 차지하는 일천만의 여자가 모두 잠자고 현재의 노예생활에 만족해 있을 때에, 눈을 먼저 뜬 우리들은 그들을 깨쳐 주고 그들을 노예생활에서 건져 주기 위해서 고향과 친척 친지를 등지고 여기까지 와서 고생하는 것이외다. 여성을 자기네의 노예로 하고 있는 현대 포학한 남성의 손에서 일천만 여성을 구해 낼 사람은 우리밖에 없습니다.

우리는 남성에게 굴복해서는 안 됩니다. 배웁시다. 그리고 힘을 기릅시다.

대략 이런 뜻의 말을, 책상을 두드리며 부르짖었다.

정신적으로 전혀 불감증不感症인 시대를 벗어나서 감정, 감동 등을 막연히나마 느끼기 시작하던 연실이는, 이 말에 적지 않게 감동하였다.

자기가 동경으로 뛰쳐오고 지금 학교에까지 들어간 것은, 본시는 무슨 중대한 목적이 있는 바가 아니라 집에 있기가 싫어서 뛰쳐나온 뿐이었다. 그러나 지금 이 회장의 연설을 듣고 보니, 자기의 등에도 무슨 커다란 짐이 지워지는 것 같았다.

조선의 여자가 어떻게 구속되고 어떤 압박을 받고 있는지는 모르지만 이전에 진명학교 창립 선생도 그런 말을 하였고 지금도 또 여기서도 그런 말을 하는 것을 보니, 그것이 사실인 모양이었다. 그것이 사실일진대 그것을 구해 낼 사람은 남자가 아니요 여자이어야 할 것이고, 여자 중에도 먼저 선진국에 와서 새 학문을 배운 사람이어야 할 것이다.

자기 이미 여기 와서 배우는 단 일곱 사람의 선각자의 한 사람이니 일천만 분의 칠이라 하는, 다시 말하자면 일백오십만 명에 한 명이라 하는 귀한 존재이다. 소녀다운 감정으로 회장의 연설을 들으며 속으로는 이런 생각을 할 때 연실이는 큰 바위에라도 깔린 듯이 가슴이 무거워 오는 느낌을 금할 수가 없었다.

"언니, 아까 그 회장 이름이 뭐유."

회가 끝나고 어두운 길에 나서면서 연실은 이렇게 명애에게 물었다.

"송안나. 왜?"

"이름두 야릇두 해라. 어느 학교에 다니우?"

"사범학교에."

"어딧사람이구?"

"아마 강서江西인가 함종咸從인가 그 근첫사람이지."

"몇 살이나 났수?"

"왜 이리 끈끈히 묻나? 동성연애할라나베."

연애라는 말은 인젠 짐작은 가지만 '연애' 위에 무슨 말이 더 붙었으므로 뜻을 똑똑히 못 알아들은 연실이는 눈치로 보아 조롱받은 것 같아서,

"언니두."

한 뒤에 말을 끊어 버렸다.

그러나 그날 저녁 들은 '선각자'라 하는 말 한마디는 이 처녀의 마음에 꽤 단단히 들어박혔다.

'선각자가 되리라. 우리 조선 여성을 노예의 처지에서 건지어 내리라. 구습에 젖어서 아직 눈뜨지 못하는 조선 여성을 새로운 세계로 끌어 내리라.'

이런 새로운 감정으로 그는 '감동 때문에 잠 못 드는 밤'을 생전 처음으로 경험하였다.

# 8

어떤 날 연실이가 학교에서 기숙사로 들어와서 책들을 정리하고 있을 때에 그 방 방장房長으로 있는 사학년생 도가와戸川라는 처녀가 연실이의 곁으로 와서 앉았다.

"긴상."

"네?"

"조선말 퍽 어렵지요?"

"글쎄요, 우린 모르겠어요."

"영어는?"

"재미있지만 어려워요."

"외국어란 어려운 것이야. 참 긴상."

도가와는 좀 어려운 듯이 미소하며 연실이를 보았다.

"아까 하나이 선생. 긴상 담임선생님 말씀이야. 하나이 선생님이 그러시는데, 긴상 일본어가 아직 숙련되지 못했다구 나더러 틈틈이 좀 함께 이야기라도 하라시더군요."

연실이는 얼굴이 새빨갛게 되었다. 스스로도 모르는 바가 아니었다.

"요로시쿠 오네가이시마스(잘 부탁합니다)."

연실이는 승복지 않을 수가 없었다.

"천만에, 아니에요. 내가 무슨… 긴상, 책을 많이 보세요. 책을 보면 저절로 어학력이 늘어요. 내 책을 빌려 드릴게 책으로 어학을 연습하세요."

"책이오? 무슨 책."

도가와는 미리 준비하였던 모양인 책을 연실이에게 한 권 주었다. 등에 '若きエルテルの悲-み―ギヨテ(젊은 베르테르의 슬픔―괴테)'라 씌어 있었다.

"재미있어요. 재미있는 바람에 읽노라면 어학력도 늘고. 일석이조라는 게 이런 거겠지요."

도가와는 깔깔 웃었다.

연실이는 즉시로 읽어 보기 시작하였다. 한 페이지, 두 페이지. 교과서 이외에 평생 처음으로 독서를 하여 보는 연실이는 처음 얼마는 몹시도 난습하여 책을 접어 버리고 싶었다. 그러나 일껏 자기에게 책을 빌려 준 방장의 면도 있고 하여, 세 페이지, 네 페이지, 억지로 내려읽고 있었다.

저녁 끼니 시간이 되었다. 방장에게 독촉 받아 식당에 내려간 연실이는 자기의 손에 아직 책이 들려 있고, 식당에 앉아서도 그냥 눈을 책에 붙이고 있는 자기를 발견하고 오히려 기이한 느낌을 받았다. 어느덧 그는 책에 열중하게 되었던 것이다.

무론 모를 대목도 많이 있었다. 그러나 모를 곳은 모를 대로 그냥 내려읽노라면 의미는 통하는 것이었다.

밤에 불을 끄는 시간까지 연실이는 그 책만 보고 있었다. 이튿날 새벽에 유난히도 일찍이 깬 연실이는 푸르둥한 새벽빛에 눈을 부비면서 소설책을 다시 폈다.

아침에 깬 방장이 이 모양을 보고 미소하였다.

"도 오모시로쿠테(어때요? 재미있어요?)."

방장이 이렇게 물을 때에 연실이는 눈을 책에서 떼지 않고,

"돗테모(지독히)."

하며 같이 미소하였다.

"모를 곳은 없어요?"

"있지만 뜻은 통하겠어요."

"다 읽어요. 다 읽으면 이번은 더 재미나는 책을 빌려 드릴게. 어학연습에는 무엇보다도 다독多讀이 좋아요."

학교에도 책을 끼고 가서 틈틈이 숨어서 읽고 저녁에 읽고 이튿날도 읽고. 이리하여 독서의 속력이 그다지 빠르지 못한 그로도

이튿날 저녁때는 끝까지 다 읽었다.

다 읽은 책을 베개 아래 넣고 자리에 든 연실이는 가슴을 무직이 누르는 알지 못할 감정 때문에 좀체 잠을 이루지 못하였다. 그것은 무슨 감정인지 연실이는 알지 못하였다. 이런 감정과 감동을 평생에 처음 겪는 연실이는 이불 속에서 홀로이 헤적이었다.

이틀 동안 수면부족 때문에 무거운 머리로 이튿날 아침 자리에서 일어나서 다 본 책을 방장에게 돌려주고, 연실이는 그런 재미있는 책을 또 한 권 빌려 달라고 간청하였다.

"자 이걸 보세요, 이번은."

하면서 방장이 연실이에게 준 책은 꽤 두툼한 책이었다.

『ツイルウイン―ウオッツタントン(앨윈―워츠 던턴)』이라 하였다.

그날이 마침 토요일이라 오전만 공부하고 오후부터 연실이는 책에 달려들었다. 그리하여 토요일에서 일요일로 월, 화, 수, 목, 금, 만 일주일간을 잠시도 정신은 이 책에서 떼지 못하고 지냈다. 화요일, 그 소설의 주인공인 에일린이 사랑하는 처녀 위니 프렛의 종적을 잃어버리고 스노돈의 산과 골짜기를 헤매다가 위니의 내음새만 걸핏 감각한 대목에서 학교 시간이 되어 그만 책을 접었던 연실이는, 위니의 생각에 안절부절 공부도 어떻게 하였는지 모르고 지냈다.

"위니상, 어때요?"

책을 다 보고 방장 도가와에게 돌려주매 도가와는 또 미소하며 물었다. 그러나 연실이는 한참을 먹먹히 있다가야 대답을 하였다.

"도가와상, 꿈같아요."

"좋지요?"

"좋은지 어떤지, 얼떨해요."

"이 소설을 지은 워츠 던턴이라는 사람은 이 소설 단 한 편으로 영국 문단에 이름을 높였다우. 나도 이 소설을 읽은 뒤 한 반 달이나 꿈같이 얼떨하니 지냈어요."

"그게 웬일일까?"

"그게 예술의 힘이어요. 예술의 힘이 사람의 혼을 울려 놓은 때문이어요."

"예술?"

듣던 바 처음이었다.

"네, 예술. 예술 가운데는 음악, 미술, 문학 등이 있는데, 문학에는 또 시며 희곡이며 소설이 있어요. 다른 학문들은 모두 실제, 실용상 쓸데 있는 것이지만 예술이란 것은 사람의 혼과 직접 교섭이 있는 존귀한 학문이어요."

문학소녀라는 칭호를 듣는 도가와는 여러 가지의 말로 예술, 특히 문학의 자랑을 연실이에게 들려주었다. 그러나 연실이로서는 그의 말을 알아듣지 못하였다. 다만 몹시도 귀하고 중한 학문이 예술이라는 뜻만 막연히 깨달았다. 그리고 단지 책을 읽기 때문에 자기가 이만치 감동되고 취한 것을 보면 예사 보통의 학문이 아니라 생각되었다.

"긴상, 조선에 문학이 있어요?"

도가와는 마지막에 이런 말을 물었다.

대체 예술이라는 말, 문학이라는 말이 금시초문인 위에 연실이의 조선에 대한 지식이라는 것은, 조선말을 할 줄 알고 조선옷을 입을 줄 아는 것쯤밖에 없는 형편이라, 한순간 주저하였다.

그러나 일찍이 조선은 오랜 역사를 가지고 오랜 문화생활을 하였다는 이야기를 들은 연실이는,

"있기는 있지만…."

쯤으로 막연히 응하여 두었다.

"긴상, 조선의 장래 여류문학가가 되세요. 나는 일본 여류문학가가 될게. 우리 학교는, 하세가와 시구레라는 여류문학가를 낳아서 문학과 인연 깊은 학교예요. 여기서 또 나하고 긴상하고 다 일본과 조선의 여류문학가가 됩시다."

문학소녀 도가와는 스스로 감격하여 눈에 광채를 내며 이런

말을 하였다. 연실이는 여류문학가가 무엇인지 문학이 무엇인지는 전혀 모르는 숫백이었다. 단 두 권의 소설을 읽어 보았을 뿐이었다.

그러나 이즈음 자기는 조선 여자계의 선각자라는 자부심을 품기 시작한 연실이는, 장차 여류문학가 노릇을 해서 우매한 조선 여성계를 깨쳐 주어 볼까 하는 희망을 마음 한편 구석에 일으켰다. 단지 선각자라 하여도 무슨 일을 하여 어떻게 조선 여성계를 각성시키는지 전혀 캄캄하던 연실이는, 여기서 비로소 자기의 진로進路를 발견한 것이 아닌가 하는 생각이 들었다.

그리고 장차 배우고 닦고 하여서 도가와만큼 문학이라는 것을 알고 그것으로서 선각자 노릇을 하리라 막연히나마 이렇게 마음 먹었다.

도가와는 다시 연실이에게 스콧의 『아이반호』를 빌려 주었다. 그러나 아닌 게 아니라, 앨윈에게서 받은 감격은 그것을 다 읽은 뒤에도 한동안 그의 머리에 뿌리 깊게 남아 있어서 때때로 정신없이 그 생각을 하다가는 스스로 얼굴을 붉히고 정신을 차리고 하였다.

『아이반호』는 이삼 일간은 당초에 진섭이 되지를 않았다. 몇 줄 읽노라면 그의 생각은 어느덧 다시 앨윈으로 뒷걸음치고 뒷걸음치고 하는 것이었다.

아무 목표도 없이 동경으로 건너와서 아무 정견도 없이 학교에 들었다가 아무 줏대도 없이 선각자가 되리라는 자부심을 품었던 연실이는 이리하여 도가와 모某의 덕으로 문학소녀로 변하여 갔다.

여름방학에도 연실이는 제 집에 돌아가지 않았다. 돌아갈 그리운 집이 없기 때문이었다. 기숙사에는 북해도에서 온 학생 하나, 대만서 온 학생 하나, 연실이, 이렇게 단 세 사람이 남았다. 도가와는 여름방학 동안에 보라고 꽤 여러 권의 책을 남겨 두고 갔다.

그러나 인제는 독서 속력도 꽤 는 연실이는 도가와가 남겨 둔 책을 보름 동안에 다 보고 그 뒤에는 도서관을 찾기 시작하였다.

그해 가을과 겨울도 지나고 이듬해 봄이 된 때는 연실이는 동경 처음으로 올 때(겨우 일 년 반 전이다)와는 전혀 다른 처녀가 되었다.

우선 자부심이 생겼다. 조선 여성계의 선각자라 하는 자부심이었다. 선각자가 될 목표도 섰다. 여류문학가가 되어 우매한 조선 여성을 깨쳐 주리라 하였다. 문학의 정의定義도 인젠 짐작이 갔노라 하였다. 문학이란 연애와 불가분의 것이었다. 연애를 재미나고 자릿자릿하게 적은 것이 소설이고 연애를 찬송하여 짧게 쓴 글이 시라 하였다.

일방으로 연애라는 도정을 밟지 않고 결혼하여 일생을 보내는 조선 여성을 해방(?)하여 연애할 줄 아는 사람으로 만드는 것이 선각자에게 짊어지운 커다란 사명의 하나이라 보았다. 그러기 위해서는 문학을 널리 또 빨리 퍼쳐야 할 것이라 보았다.

문학상에 표현된 바, 전기가 통하는 것같이 찌르르하였다는 '연애'와, 재미나는 소설을 읽은 뒤에 한동안 느끼는 감동도 동일한 감정이라 보았다. 즉 연애는 문학이요 문학은 연애요. 그것은 다시 말하자면 인생 전체였다.

'인생의 연애는 예술이요, 남녀 간의 예술은 연애니라.'

스스로 창작한 이 금언金言을 수신책 첫 페이지에 조선글로 커다랗게 써두었다.

이런 심경 아래서 문학의 길을 닦기에 여념이 없는 동안, 연실이는 문학과 함께 연애를 사모하는 마음이 나날이 높아 갔다.

소녀시기의 환경이 환경이었더니만치 연실이는 연애와 성교를 같은 물건으로 여기었다. 소녀시기에는 연애라는 것은 모르고 성교라는 것이 남녀 간에 있는 물건이라고 믿고 있었는데, 지금 연애라는 감정의 존재를 이해하면서부터는, 그의 사상은 일단의 진보를 보여서

'남녀 간의 교섭은 연애요, 연애의 현실적 표현은 성교니라' 하는

신념이 들게 되었다.

그런지라, 그가 철모르는 시절에 무의미하게 잃어버린 처녀성에 대해서도, 아깝다든가 분하다든가 하는 생각보다도, 그때 연애라는 감정을 자기가 이해하였더면 훨씬 재미나고 좋았을걸 하는 후회뿐이었다.

회상하여 그때의 그 사내를 생각해 보면 그것은 가장 표준형의 기생 오라범으로, 게으름과 무지와 비열을 합쳐 놓으면 이런 덩어리가 생길까 하는 생각이 들 만한 보잘것없는 사람으로 연실이에게는 손톱만치도 마음 가는 데가 없는 사람이었다.

그러나 문학 즉 연애요, 연애와 성교는 불가분의 것으로 믿는 연실이는 그때 연애 감정이 없이 그 사내를 가까이한 것이 적지 않게 분하였다. 한 번 함께 산보(이것이 연애의 초보적 행동이었다)도 못 하고 함께 달을 처다보며 속살거리지도 못하고. 이렇듯 어리석고 어리던 자기가 저주스러웠다.

그 봄(열일곱 살이었다)에 연실이는 《동경 유학생》이란 잡지에 시를 한 편 지어서 보냈다.


문을 닫아도
들어오는 월광月光.

가슴을 닫아도

스며드는 사랑.

사랑은 월광月光이런가.

월광月光은 사랑이런가.

아아, 이팔처녀二八處女의

가슴이 떨리도다.


　지우고 고치고 다시 쓰고 하여 겨우 이렇게 만들어서 한 벌은
고이고이 적어서 가방에 간수하고, 한 벌은 잡지사에 보냈다.

　봄방학 때쯤 발행된 그 잡지에는 연실이의 시가 육호 활자로나
마 게재가 되었다.

　지금 그는 여명기의 조선 여성에게 있어서 한 개 광휘 있는 별
이라는 자부심을 넉넉히 갖게 되었다. 그 잡지 십여 권을 사서 자
기의 본집과 그 밖 몇몇 동무에게 우편으로 보냈다.

　문학의 실체인 연애를 좀 더 잘 알기 위하여 엘렌 케이며 구리
가와 박사의 저서著書도 숙독하였다.

　새 학기에는 기숙사에서도 나왔다. 기숙사에서도 학생들끼리 동
성의 사랑이 꽤 농후한 자도 있었지만, 연애라는 것은 이성에게라
야 가질 것이라는 생각을 갖고 있는 연실이는 그것을 옳게 볼 수

가 없고, 또는 자기가 몸소 나아가서 연애를 실연하기 위해서는 기숙사는 불편하기 때문이었다.

여자유학생 친목회에도 자주 나갔다. 작년 입학한 직후 첫 회합에는 단순한 처녀로, 한 얌전한 규수로 참석하였지만, 차차 어느덧 자유연애와 자유결혼(이것이 여성해방이라 보았다)을 가장 맹렬히 주창하는 열렬한 회원으로 변하였다.

이론 방면으로 이만치 진보된 만치 실제로도 또한 연애를 하여 보려고 기회 도착에 노력하였다. 그러나 아직도 동경 유학생 간에는 남녀가 함께 회집할 수 있는 곳은 예수교 예배당밖에 없고, 남학생과 여학생 간에 교제가 그다지 성행치 못하는 때라 기회 도착이 쉽게 되지 않았다.

여류문학자가 되어서 선구자가 되기 위해서는 절대로 연애의 필요를 느끼는 연실이는 이 좀체 도착되지 않는 기회 때문에 초조하게 지났다.

그러다가 어떤 우연한 기회에 평안도 출행의 농과대학생農科大學生과 알게 될 기회를 얻었다. 금년에 들어서 조선 여학생 가운데 한 사람을 찾아갔던 연실이는 거기서 그 여학생의 몇 촌 오라버니가 된다는 농학생을 처음으로 본 것이었다. 나이는 스무 살이라하나 여자들 틈에서는 몹시도 수줍어하여 이야기 한마디 변변히

하지를 못하였다.

　그날 밤 제 하숙에 돌아와서 연실이는 여러 가지로 생각하였다. 자기가 지금까지 읽은 소설 가운데서 연애하는 남녀가 처음 만난 장면을 모두 끄집어내 가지고, 아까 그(이창수라 하였다)가 취한 태도는 어느 것에 해당할까 하고 생각하였다. 그리고 결론으로서는 퍽 내심한 청년이 몹시 연애를 느끼기 때문에 그렇게도 수줍어한 것이라 단정하였다.

　자기도 그 청년을 보는 순간 퍽 마음에 기뻤다고 생각하고 기쁜 가운데도 속이 떨렸다고 생각하고, 자기가 다른 곳을 볼 때 그 청년이 자기를 바라보면 자기는 몹시 가슴을 뛰놀리었다고 생각하고, 자기는 가슴이 이상하여 그를 바로 볼 기회도 없었다고 생각하고, 그와 함께 있는 동안은 감전感電된 것 같은 찌르르한 느낌을 받았다고 생각하였다.

　요컨대 연실이는 자기가 어제 처음 만나는 순간부터 이창수에게 연애를 느끼었고 이창수 역시 자기에게 연애를 느낀 것이라 굳게 믿었다.

　이튿날 하학한 뒤에 연실이는 이창수를 찾아보기로 하였다. 찾아가려고 제 하숙을 나설 때에 발이 썩이 나서지는 못하였지만 이것이야말로 연애하는 처녀의 당연하고 공동되는 감정으로 서양

문호文豪들도 모두 이 심리를 묘사한 것을 많이 본 연실이는, 이런 수줍은 감정을 극복하고 용감히 나아가는 것이 현대 신여성에게 짊어지운 커다란 사명이며 더욱이 선각자로서는 마땅히 겪고 극복하여야 할 일로 알았다.

창수는 마침 하숙에 있었다.

연실이는 창수와 함께 산보를 나섰다. 여섯 조의 좁다란 하숙방 안에서 속살거린다는 것은 옛날 연애지, 현대 여성의 연애가 아니었다. 시부야(澁谷) 교외로 나서서 무사시노(武藏野) 숲 위로 떨어지는 낙조를 보면서 그것을 찬송하며 한숨지으며 하여야 할 것이었다.

시부야의 신개지(新開地)도 지나서 교외로 이 첫 사랑하는 남녀는 고요히 고요히 발을 옮겼다. 한 걸음 앞서서 가던 연실이가 머리를 수그린 채 뒤따르는 창수 청년을 보면 창수는 머리를 역시 수그리고 무슨 의무라도 이행하는 듯이 먹먹히 따라오는 것이었다.

남녀는 어떤 언덕 마루에 가서 앉았다.

"좀 쉬어요."

하면서 연실이가 두 사람쯤 앉기 좋은 자리에 한편으로 치우쳐 앉으매 창수 청년은 연실이에게서 세 걸음쯤 떨어져 있는 조그만 돌멩이 위에 걸터앉았다.

연실이는 고요히 눈을 들었다. 바라보매 시뻘겋게 불붙는 낙조는 바야흐로 무성한 잡초 위로 떨어지려 하고 있다.

"선생님."

연실이는 매우 부드러운 소리로 창수를 찾았다.

"네?"

"참 아름답지 않아요? 저 낙조 말씀이어요. 저 낙조가 형용하자면 무엇 같을까요."

"글쎄올시다."

농학생 이창수에게 있어서는 그 낙조는 함지박에 담긴 붉은 호박 같았을는지도 모른다. 그러나 그런 형용도 좀 멋쩍어서 글쎄올시다 한 뿐 눈이 멀진멀진히 낙조를 바라보고만 있었다.

"방금 떨어질 듯 도로 솟을 듯 영화靈火가 하늘에서 춤을 추는 것 같지 않아요?"

"글쎄올시다."

그날 저녁 연실이는 창수의 방에서 묵었다. 그 하숙에서 저녁을 함께 먹고 역시 연실이는 적극적으로 창수는 소극적으로 이야기를 주고받고 하다가 교외 전차가 끊어졌음을 핑계로 연실이는 거기서 밤을 지내기로 한 것이었다. 여기서 묵겠다는 말을 차마 입밖에 내기가 힘들었지만, 선각자는 경우에 의지하여서는 온갖 체면이며 예의 등 인습의 산물은 희생하여야 한다는 신념 아래서,

"아이, 전차가 끊어져서 어쩌나? 선생님 안 쓰는 이부자리 없으세요?"

고 맥을 던져서, 요행 여름철이라 안 쓰는 두터운 이부자리를 얻어서 육조방에 두 자리를 편 것이었다.

자리에 들어서도, 인생문제며 문화의 존귀성을 이야기하면서 연실이는 차츰차츰 뒤채고 뒤채는 동안 창수의 이불 아래로 절반만치 들어갔다. '그것'까지 실행이 되어야 연애의 성립을 인정할 수 있는 연실이었다.

이튿날 아침 창수가 연실이에게 자기는 고향에 어려서 결혼한 아내가 있노라고 몹시 미안한 듯이 고백할 때에 연실이는 즉시로 그 사상을 깨뜨려 주었다.

"그게 무슨 관계가 있어요. 두 사람의 사랑만 굳으면 그만이지, 사랑 없는 본댁이 있으면 어때요."

명랑히 이렇게 대답할 때는 연실이는 자기를 완전히 한 명작소설의 주인공으로 여기었다.

그 하숙에는 창수 밖에도 조선 학생이 두 명이 있었다. 연실이가 돌아간 뒤에 한 하숙의 다른 학생들에게 놀리운 창수는 변명

으로 아마,

"뒤집어씌우는 걸 할 수 있나."

이렇게 대답한 모양이었다. 갑자기 유학생에게 연실이의 이름이 놓아지고, 그 위에 뒤집어씌운다 하여 거기서 일전하여 감투장사라는 별명이 며칠 가지 않아서 오백 명 유학생간에 쭉 퍼졌다.

그러나 이런 소문은 있건 말건 연실이는 환희와 만족의 절정에 올라섰다.

첫째 선각자였다.

둘째 여류문학가였다.

셋째 자유연애의 선봉장이었다.

문학가가 되고 선각자가 되기에 아직 일말의 부족감을 느끼고 있던 것이, 자유연애까지 획득하여 놓으니 인제는 티 없는 구슬이었다. 어디를 내어놓을지라도, 선진국 서양에 갖다 놓을지라도 축박힐 데가 없는 완전무결한 신여성이요 선각자로다. 연실이는 의심치 않고 믿었다.

아직도 그래도 좀 더 희망을 말하라면 창수가 좀 더 적극적이요 정열적이요 '뒤집어씌우는 편'이 아니고 끌어당기는 편이면 하는 것이었다.

이 연애에 승리한 지 얼마 지나지 않아서 연실이는 지금껏 다니던 학교에 퇴학원서를 제출하였다. 그리고 다른 사립 음악학교에 입학을 하였다. 음악이 예술인 까닭이었다. 그리고 그 학교가 동경에서 유명한 연애학교(남녀 공학)인 까닭이었다.

# 9

음악학교로 학적을 옮긴 뒤에 연실이는 두 가지로 마음이 매우 기뻤다.

첫째로는 그 학교의 남녀 학생 간에 연애가 매우 많은 점이었다. 연애를 모르는 조선에 태어났기 때문에 연실이는 연애의 형식과 실체(감정이 아니다)를 몰랐다. 그가 읽은 여러 가지의 소설의 달콤한 장면을 보고 연애는 이런 것이거니쯤으로 짐작밖에는 가지 못하였다.

이창수와 몇 번 연애(?)를 하여 보았지만 창수는 도리어 수동적 편이라 연실이 자기가 부리는 연애밖에는 구경을 못 하였다. 선각자로서 당연히 연애를 알고 또한 실행하여야 할 의무감을 가진 연실이는 자기가 현재 이창수와 연애를 하면서도 일찍이 책에서 읽은 바와 상위되는 점을 늘 미흡히 생각하고 혹은 실제와 소설에는 차이가 있는가 의심하던 차에 이 학교에서는 눈앞에 소설에서 본 바와 같은 연애를 수두룩히 보았는지라 이것이 기뻤다.

둘째로는 전문학생이라는 자기의 지위가 기뻤다. 선각자로 자임하고 어서 선각자로서 조선의 깨지 못한 여성들을 외치려는 희망은 품었지만 고등여학교의 생도인 때는 전도가 감감한 느낌이 없지 않았다. 그런데 이 학교에 입학을 하고 보니 인제 삼 년만 지나면 자기는 전문학교의 출신으로 어디에 내놓을지라도 뻐젓한 숙녀였다.

보랏빛 치마와 화려한 긴 소매와 뒷덜미에 나비 모양으로 맨 리본과 뾰족한 구두의 이 전문학생은 악보樂譜를 싼 커다란 책보를 앞으로 받치고 동경 바닥을 활보하였다.

단지 이 처녀에게 있어서 아직도 불만이 있다 하면 그것은 애인 이창수의 태도가 너무도 소극적인 점이었다. '로미오'인 이창수가 '줄리엣'인 연실 자기의 창 아래 와서 연가戀歌는 못 부를지언정 적어도 이 근처에 늘 배회하기는 하여야 할 것이었다. 찾아오기가 바쁘면 하다못해 편지라도 해야 할 것이었다. 적어도 소설에 있는 연애하는 청년은 그러하였다. 그럼에도 불구하고 찾아오기는커녕 이

편에서 찾아갈지라도 맞받아 나오면서 쓸어안고 키스를 하고 해
주지조차 못하고 싱그레 웃고 마는 것은 연실이의 마음에 적지 않
게 불만하였다.


## 10


그해 크리스마스 방학이었다.

연실이는 오래간만에 최명애를 찾아가 보았다. 처음 동경 올 때
는 감한 선배로 동정을 그에게 배우려 한 적도 있었지만 인제는
자기는 열여덟(눈앞에 열아홉을 바라본다)이요 그는 스물하나로 옛날
진명학교 시대와 마찬가지인 한낱 동무였다. 그 위에 '그도 연애를
하는가' 하는 의심점이 있기 때문에 잘못하면 자기보다도 약간 세
상 철이 부족할지도 모르겠다는 자긍심까지도 품고 있는 연실이
었다.

"언니."

여전히 부르기는 이렇게 불렀으나 인제는 선배 후배가 아니요

단지 약간 나이가 더 먹은 동무일 따름이었다.

거진 연애라는 것을 '문명한 인종이 반드시 밟아야 할 과정'이라고쯤 믿고 있는 연실이는 그날 서로 히닥거리며 잡담을 하다가 이런 말을 하였다.

"언니, 참 옛날 여인들은 어떻게 살았겠수?"

"왜?"

"연애두 한 번두 못 해보구."

명애는 여기서 한 번 크게 웃었다.

"하하하하. 저리드냐? 재리드냐?"

"아찔아찔합디다."

"그것만?"

"오금이 녹아 옵디다."

"엑이 망할 기집애. 한데 너 뒤집어씌웠다구 소문이 자자하든구나."

뒤집어씌워? 남녀 학생 간에 소문은 높았던 바지만 연실이의 귀에까지는 아직 오지 않았던 바라 뜻을 알 수가 없었다.

"그게 무슨 말이우?"

"듣기 싫다."

"참말… 그게 무슨 말이유."

명애는 의아히 잠깐 연실이의 얼굴을 보았다. 그런 뒤에 설명하였다.

"아, 네가 능동적이란 말이지. 네가 사내를 □단 말이지."

"언니두!"

연애의 과정으로 당연히 밟은 과정이라는 신념은 가지고 있었지만 이렇듯 지적을 받으매 연실이는 아뜩하였다.

"그런데 얘."

"…"

"내 언제 너 조용히 만나면 이야기할랴구 그랬다마는 청춘 남녀가 연애야 안 하겠니마는 연애를 한대두 신성한 연애를 해라."

순간적 부끄럼 때문에 머리를 수그리었던 연실의 귀에도 이 말은 들어갔다. 소설에서 많이 읽은 바였다. 그러나 어떤 것이 신성한 연애인지는 실체를 아직 연실이는 알지 못하였다.

소설에 그런 대목이 나올 때마다 다시 읽고 다시 읽고 하여 실체를 잡아 보려 노력하였지만 대체 어떤 것이 신성한 연애인지 알수가 없었다.

"청년 남녀 누구가 연애를 안 하겠니마는 신성한 연애를 해야 한다."

"언니, 어떤 게 신성한 연애유?"

연실이는 드디어 물었다.

"얘두, 그럼 너 지금껏 뭘 했니. 남녀가 육교를 하지 않고 사랑만 하는 게 신성한 연애지. 말하자면 서루 마음과 마음이 통해서 사랑하구 사랑받구 하는 게 신성한 연애가 아니냐."

이것은 연실이에게는 새로운 지식인 동시에 이해하기 어려운 일이었다. 만약 명애의 말로서 옳다 할진대 이창수와 자기와의 것은 무엇으로 해석을 할 것인가. 마음과 마음이 서로 통한다 하면 자기와 이창수는 전혀 마음은 서로 통치 못하였다.

소설이며 엘렌 케이와 구리가와 박사의 말에는 그런 뜻이 있었던 듯싶다. 그러나 사람의 사회에 실제로까지 그런 꿈의 나라가 있으리라고는 연실이에게는 믿기지 않았다.

그날 명애는 이런 말도 하였다.

"내 애인은 말이다, 지금 W대학 문과에 다니는 사람이야. 본시 송안나, 너도 알지. 그 여자. 친목회 회장 말이다. 그 송안나허구 이러구저러구 하던 사람이란다. 그걸 내가 알았지. 첨에는 송안나 그 담에는 최××, 또 그 담에는 박△△, 그걸 내가 알았구나. 말하자면 최후의 승리자지."

그리고 그 열변과 엄숙한 표정으로 친목회에서 지도자 노릇을 하던 송안나도 연애 찬미자의 한 사람이라는 것이 기이해서 연실이가 물어 볼 때에 그는 이렇게 대답하였다.

"얘, 너두 철이 있느냐 없느냐. 이 동경 여자유학생치구 애인 없는 사람이 어디 있다디. 옛날 구식 여자는 모르겠다마는 신여성치구 애인 없이 어떻게 행세를 한단 말이냐."

누구는 누구가 애인이고 누구는 누구가 애인이고 한참을 꼽아 내렸다.

연실이는 그러려니 하였다. 이 동경까지 와 있는 선각여성이 자유연애도 하지 않고 어쩔 것이냐. 사실에 있어서 연실이는 최근엔 단지 이창수뿐만 아니라, 음악학교에 다니는 여러 남학생들과 단 하룻밤씩의 연애를 하고 있었다. 한 사내와만 연애를 한다 하는 것조차 그에게 있어서는 유치한 감이 없지 않은 것이었다.

$$\int\int$$

크리스마스 방학도 끝나고 개학이 된 지 며칠 뒤의 일이었다. 그날은 연애할 대상도 구하지 못해서 하학한 뒤에 곧 집으로 돌아오매 그의 책상에는 우편물이 하나 놓여 있었다.

잡지였다. 뜯어보니 동경 유학생의 기관잡지였다.

먼첨 호에 문틈으로 스며드는 달빛을 노래한 시를 이 잡지에 보내어 채택이 된 연실이는 그 다음에도 또 한 편 보내었던 것이었다. 그것이 났는지 어떤지를 알아보기 위해서 연실이는 옷도 갈아입지 않고 즉시 봉을 뜯었다.

무식한 그 잡지의 편집인은 이번은 연실이의 시를 몰서하여 버렸다. 그래서 목록의 아래의 이름만 읽어 보아 자기의 이름이 없으므로 불쾌감이 일어나서 책을 접으려 할 때에 제목란에 계집녀(女)자가 걸핏 보이는 듯하므로 다시 주의하여 거기를 보매 거기는,

"여자유학생에게 경고하노라."

하는 제목이 있었다.

무슨 이야긴가. 호기심이 났다. 책으로서는 자기의 명작시가 발표되지 않았으므로 불쾌하기 짝이 없는 잡지였지만 그 제목의 페이지를 뒤적이어서 펴보았다.

첫줄에서 연실이의 얼굴은 검붉게 되었다.

"××음악학교에 다니는 모양은"

운운으로 시작한 그 글은 연실이와 이창수와의 새의 소위 '뒤집어씌운' 이야기를 폭로시키고 이런 음탕한 여자가 동경에 와 있기

때문에 다른 학생들에게도 물들 뿐 아니라 더욱이 고향에 계신 학부형들은 딸을 동경으로 유학 보내기를 무서워한다는 뜻을 쓰고 이어서 이런 더러운 학생은 마땅히 매장하여 버려야 하는 것이 유학생의 의무라고 많은 '!'며 '!?'를 늘어놓아 가지고 두 페이지나 널어놓았다.

읽는 동안 연실이의 얼굴은 검게 되었다 붉게 되었다 찌푸려졌다 찡그려졌다, 별의별 표정이 다 나타났다.

읽으면서 동댕일 치고 싶었다. 그러나 끝까지 다 읽고야 말았다. 다 읽고 나서는 드디어 동댕이쳤다.

무엇이라 형용할 수 없는 감정이었다. 억분하다 할까. 노엽다 할까. 부끄럽다 할까. 얼굴이며 손발의 근육이 와들와들 떨렸다. 머리로서는 아무것도 생각지를 못하였다.

한 시간? 아마 두 시간도 남아 지났겠지. 집주인 마누라가,

"긴상, 오메시이카카(김양, 식사 어떡해요)?"

하고 들어올 때야 연실이는 비로소 자기의 이성을 회복하였다.

이성이라 하나 지극히도 흥분된 이성이었다.

"다쿠산요(필요없어요)."

저녁이 입에 달지는 않을 것이므로 거절함에 있어서 이런 거절까지 않아도 좋을 것이거늘 연실이는 이런 악의 품은 거절을 한

것이었다.

어떤 노염일까. 욕먹은 데 대한 분함이 물론 가장 강하였다. ××
음악학교에 다니는 조선여학생은 자기밖에 없다. 그런지라 누구든
이 글을 읽기만 하면 거기 쓰인 모양이라는 것은 자기를 지적한
것임을 알 것이다.

처녀 십팔(새해에 열아홉)은 손톱눈만한 일에라도 부끄러워하는
시절이라 하나 연실이는 요행 부끄럼에 대한 감수성은 적게 타고
난 사람이었다. 그 대신 분하였다. 글자가 표현할 수 있는 가장 악
의로 찬 욕을 퍼부은 것이었다. 이것이 분하였다.

어때? 그래. 이만 뱃심이 없지 않았다. 그 글의 필자는 아직 구
사상에 젖은 유치한 녀석이라는 경멸감도 물론 났다. 자유연애를
이해하지 못하고 이렇듯 어리석은 소리를 홍얼거리는 숙맥이라는
우월감(자기게 대한)도 섞이어 있었다. 그런지라 욕먹은 내용, 그 사
실에 대해서는 연실이는 천상천하 부끄러울 데가 없었다. 이 정정
당당하고 가장 새롭고 가장 선각적인 행동을 욕하는 자의 어리석
음이 미웠고 그런 것에게 욕먹은 것이 분하였다.

두 시간 세 시간 동안을 분한 감정 때문에 몸만 떨고 있던 연실
이는 밤이 차차 들어감에 따라서 얼마만치 머리도 식어 가며 식어
가느니만치 대책도 생각났다.

어떻게든 거기 대하여 항의를 하여야 할 것이다.

글로?

말로?

항의문을 그 잡지에 써 보내서 자기를 욕한 필자의 무식을 응징하나. 혹은 그 사람을 찾아가서 도도한 웅변으로 그의 구식 두뇌를 깨쳐주나. 자리에 들어서도 그 생각을 하고 또 하고 한 끝에 연애라 하는 일에 퍽 이해를 가진 최명애를 찾아서 그와 의논하여 어떻게든 결정하리라 하였다.

이튿날 이른 새벽에 연실이는 자리에서 일어났다. 조반도 먹지 않고 하숙집에서 나왔다.

최명애를 찾기 위해서였다. 최명애의 하숙(영업적 하숙이 아니라 사숙이었다)에 들어서서 주인마누라에게 오하요(안녕하십니까)를 부른 다음에 연실이는 서슴지 않고 명애의 방으로 갔다. 당황히 따라오는 주인마누라의 눈치도 못 보고 가라카미(장지문)를 쭉 밀어 열었다.

"…"

연실이는 도로 가라카미를 닫아 버렸다. 명애 혼자인 줄 알았던 방에 명애는 웬 남학생과 함께 자고 있다가 이 침입자 때문에 번쩍 눈을 뜨는 것이었다.

"누구?"

방 안에서는 명애가 침입자의 정체를 캐면서 일변으로는,

"긴상, 인전 일어나요. 누구 왔어요."

하며 연애의 상대자를 흔드는 모양이었다.

연실이는 멍하였다. 자기의 취할 거처를 몰랐다. 돌아가자니 싱거웠다. 들어가자니 어려웠다. 이미 이런 일은 처음 당하는 일이 아닌 연실이라 부끄럼이라든가 거기 유사한 감정은 느끼지 않았지만 일전에도 '신성한 연애'를 운운하던 명애의 자리에서 사내를 발견하였는지라 잠시 뚱하였다.

"누구야."

"나."

드디어 대답하였다.

"연실이로구나. 긴상, 어서 일어나요. 연실이, 조금만 있다가 들어와."

그런 뒤에는 안에서는 일어나서 옷을 가다듬는 듯한 버석거리는 소리가 들렸다. 그러기를 사오 분이나 하고 나서,

"이와, 오하우이리(좋아요, 들어와요)."

하고 청을 하였다.

연실이는 들어갔다. 내어주는 자리에 앉았다.

"새벽에 웬일이야. 응 소개해야겠군. 이이는 대학에 다니시는 김 ×× 씨. 이 애는 늘 말씀드린 연실이."

연실이는 가볍게 머리를 숙였다. 김모라는 학생은 연방 교복 단추를 맞추면서 허리를 굽석하였다.

"헌데 새벽에 웬일이냐. 이상(이창수)네 하숙에서 오는 길이냐?"

"아냐."

연실이는 부인하여 버렸다. 부인하며 얼핏 김모라는 학생을 보았다. 처음은 송안나의 애인 그 다음은 누구의 애인 또 그 다음은 누구의 애인, 이라 하여 지금은 최명애의 애인이 된 그 학생은 그의 염복적艶福的 눈을 들어 연실이를 보고 있는 것이었다.

그날 김모는 학교에 가야겠다고 조반 전에 돌아갔다. 사립 여자전문학교에 다니는 두 처녀는 오늘은 학교 집어치기로 하고 김모가 돌아간 뒤에(세수도 안 하고) 자리에 도로 들어가 누웠다.

연실이가 가지고 온 잡지를 내어 들고 명애에게 자기의 분함을 하소연하고 그 대책을 의논할 때에 명애는 그따위 문제는 애당초 중대시하지도 않았다.

"거기 어디 김연실이라고 이름을 밝히기라도 했니?"

"밝히진 않았어두 ××음악학교 재학생이라면 이십여 명 유학생 중 나밖에 어디 있수?"

"긁어 부스럼이니라. 우습지 않으니? 김연실이라구 밝히지두 않았는데 김연실이가 웬 까닭으루 나 욕했소 하구 덤벼드느냐 말이다. 얘, 수가 있느니라. 이렇게 해라."

"어떻게."

"아까 그 긴상 말이야. 긴상두 ××회(유학생회) 감찰부장이란다. 그 긴상이 말이야. 내가 요전에 △△학교에 다니는 강상이라는 학생하구 이렇구저렇구 할 때 뭐 유학생계에 풍기를 문란케 하느니 어쩌니 해가지구 매장을 한다 어떤다 야단이란 말이지. 그래서 그 긴상의 내막을 알아보니 자기도 송안나하고 그 꼴이지. 그래서 말이로다. 만일 긴상이 참말루 샌님 같은 사람이면 할 수 없지만 자기도 그러는 이상에 무슨 낯으루 큰말이냐 말이다. 그래서 이 여왕께서 찾아가 주었구나. 한 번 부비어 대줄 셈이었지. 그랬더니 고냐쿠란 말이지. 흐늘흐늘, 지금 내 애인이 되지 않았니?"

연실이는 멍하니 명애를 보았다. 경이驚異라는 것을 모르는 연실이는 놀랄 줄을 모른다. 감동이라는 것을 모르는 연실이는 감동할 줄도 모른다. 그러나 이야기는 연실이에게는 다만 예사로운 이야기는 아니었다.

"언니, 그럼 나 어떡허면 좋수."

"너두 나같이 그, 너 욕한 사람 말이다, 그 학생을 찾아가려무

나. 상판대기에 분칠이나 곱게 하구 연지나 찍구 찾아가서 이건 왜 이러우 하구 한마디만 턱 던지구 생긋 웃어만 보려무나. 그러면 나 잘못했소. 여왕님 하구 네 발 아래 꿇어 엎드리지 않으리."

"그러면?"

"그러면 됐지, 그 뒤가 있을 게 뭐람. 그러면 그 모 도학 청년이 네 애인이 되지."

"이상은 어쩌구."

"차버리려무나. 차버리기가 아까우면 애인 두어 개 두구."

"언니, 남자란 여자를 보면 그렇게두 오금을 못 쓰우?"

"맛이 좋거든."

"맛이 좋단 어떻게 좋우?"

"그게야 남자가 아니구야 어떻게 알겠니마는 여자는 또 남자를 보면 그렇지 않더냐. 아유. 홍 홍."

명애는 무엇을 생각함인 듯이 힘있게 연실이를 쓸어안고 신음하면서 꺽꺽 힘을 주었다.

"언니, 내 진정으로 말한다면 나는 어디가 좋은지 몰라. 소설에 보면 말도 마음먹은 대로 못 하고 고이비도(애인)의 얼굴두 바루 못 본다는 등 별별 신비스러운 이야기가 다 있는데 나는 아무리 그렇게 마음먹으려 해두 진정으로는 안 그래. 웬일일까. 그게 거짓

말일까?"

"그건 모르겠다만 애 잠자리 맛이란… 아유 흥 흥, 아유 죽겠다."

"잠자리 맛이라는 것두 따루 있수?"

"아이 망측해. 우화등선 천하제일감. 네 것두 아직 모르니?"

"몰라."

"그럼 이상허구 뒤집어씌우기는 어떻게 했느냐."

"그게야 그럭허는 게니 그랬지."

"애두, 그럼 너 불구자로구나."

단지 사내와 여인, 애인끼리는 그런 노릇을 해야 하는 것으로 알고 있는 연실이에게는 이 말은 알지 못할 말이요 겸하여 불안스러운 말이었다.

그는 이날 명애에게서 '성'에 대한 여러 가지의 지식을 알았다. 하늘은 종족의 단멸斷滅을 막기 위해서 성교에 특수한 쾌심을 주어 이 쾌감 때문에 종족이 끊기지 않고 그냥 계속 된다는 이야기며 과부가 수절을 못 하는 것은 이 쾌감을 잊을 수 없어서 그렇게 된다는 이야기 등을 듣고 그로 미루어 보자면 그것은 상식으로 판단키 힘들 만치 유쾌로운 일인데 아직 그것도 모르는 자기는 적지 않게 부족된 사람인 듯싶고 이 때문에 마음도 적지 않게 무거

왔다.

명애는 연실이에게 대해서 장차 그 남학생(잡지에서 욕한)을 찾아 가는 경우에 그와 대응할 책략을 여러 가지로 가르쳤다.

결코 이렇다 저렇다 싸우지 말라 하였다.

"이건 왜 이러세요."

이 한마디만으로 웃기만 하라 하였다. 손님이 왔으니 과일이라 도 사오라고 명령하라 하였다. 그리고 당신과 같은 장차 조선의 지도자 될 사람이 왜 그리 사상이 낡으냐고 산보를 청하고 활동 사진 구경을 동반하고, 그리고 마지막에는 네 하숙으로 끌고 들어 가라 하였다.

그로부터 수일 후 연실이는 명애의 지휘가 너무도 정확히 들어 맞으므로 도리어 놀랐다. 연실이가 찾아왔다는 하숙 하녀의 보고 를 들을 때 그렇게도 울그럭불그럭하였고 서로 대좌 하여서도 눈 을 퉁방울같이 구을리던 그 남학생이,

"이건 왜 이리서요."

의 한마디에 멋쩍은 듯이 좀 누그러지고, 그 다음에,

"과일이나 부르세요."

할 때에 하녀를 불러서 과일을 사왔고, 그 다음에는,

"하나 드십시오."

라는 권고가 그의 입에서 먼저 나왔고, 산보를 청할 때는 얼굴에
희색이 나타났고, 활동사진을 구경한 뒤에 집에까지 바래다 달라
니까 분명히 흥분까지 되었고, 잠깐 들어오기를 청 할 때에 열적
은 듯이 따라 들어왔고, 시간이 늦어서 마지막 전차까지 끊어지매
도리어 저쪽에서 기괴한 뜻을 암시하였고….

이리하여 연실이는 또 한 사람의 애인을 두게 되었다.

새 애인의 이름은 맹호덕孟浩德이었다.

연실이가 새 애인을 둔 뒤에 이전보다 적이 기쁨을 느낀 것은
맹은 이전의 이창수와 같이 소극적이 아니었다.

역시 ××회의 회집이 있을 때마다 단상에 올라서서 조선 청년의
갈 길을 부르짖고 학생계의 나약과 타락을 통탄하고 '우리'의 중대
한 임무를 사자후獅子吼하고 하였지만 그러한 적극성이 있느니만
치 연실이에게 대해서도 적극적으로 따라다니고 불러내고 호령하
고 명령하고 하였다.

연실이의 마음은 차차 맹에게로 기울지 않을 수가 없었다.

"이것이 진정한 연애로다."

연실이는 이것으로서 비로소 자기는 진정한 연애를 하는 사람
으로 믿었다. 그리고 인제는 온갖 점이 다 구비된 완전한 조선 여
성계의 선구자라 하는 신념을 더욱 굳게 하였다.

"갈 길을 몰라서 헤매는 일천만의 조선 여성에게 광명을 보여주기로 단단히 결심하였습니다."

과거 진명학교 시대의 동무에게 자랑삼아 한 편지 가운데 이런 구절이 있었다.

이 소설은 이것으로 일단락을 맺는다. 이 갸륵한 선구녀가 장차 어떤 인생 행로를 밟을지 후일담이 무론 있을 것이다. 약속한 지면도 다하고 편집 기일도 지나고 붓도 피곤하여 이 선구녀가 자기의 인격을 완성하는 기회로서 일단락을 맺는 것이다.

---

**이속吏屬:** 모든 관아에서 실무처리를 했던 관리.
**교악:** 교활하고 간사함.
**에누다리:** '넋두리'의 평안도 사투리.
**기수채다:** 낌새채다.
**영결:** 영원한 이별.

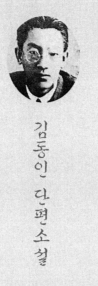

김동인 단편소설

3편

결혼식

# 결혼식

어떤 날 어떤 좌석에서, 몇 사람이 모여서 잡담들을 하던 끝에 K라는 친구가 내게 이런 말을 물었다.

"자네, 김철수라는 사람 아나?"

"몰라."

나는 머리를 기울이며 대답하였다. 물론 '김'이라는 성이며 '철수'라는 이름은 흔하고 흔한 것인지라 어디서 들은 법도 하되, 이 좌석에서 새삼스레 이야깃거리가 될 만한 '김철수'가 얼른 머리에 떠오르지 않으므로….

"아마 모르리. 지금도 조도전早稻田 대학 재학생이니까…."

"모르겠네."

"송선비라는 여자는 아나?"

"몰라. 아, 가만있게. 뭘 하는 여잔가?"

"○유치원 보모."

"응, 생각나네. 아주 멋쟁이."

나는 언젠가 유치원 연합 운동회에서 본 기억을 일으키며, 그 많은 관중 앞에서 필요 이상의 멋을 부리며 돌아가던 어떤 보모를 머리에 그려보면서 머리를 끄덕였다.

"그렇지. 멋쟁이지… 참, 조선엔. 그럼 자네는 김철수하고 송선비하고의 결혼 희극도 모르겠네그려."

"알 수 있나."

"참, 조선엔 웬 과년한 계집애가 그렇게도 많은지. 우글우글 한 놈에 다섯 여섯씩…."

"그거야 당연한 일이 아닌가? 보통 열한두 살이면 장가를 가던 사내들이 인제는 스물이 썩 넘어야 가게 됐으니깐 열한두 살 난 어린애들이 스물 몇 살까지 자랄 동안은 계집애가 남아날 게지. 1년에 몇 십만 명씩은 과년한 처녀가 남아나리. 지금 같아서는 사내 한 명에 여학생 첩 셋씩을 배당한대두 부족은 없을걸."

"딱한 일이야. 그러니깐 그런 희극도 생기지."

"대체 자네가 하려는 이야기는 어떤 겐가? 매일 신문에 한두 개씩 나는 것같이 송선비도 역시 모르고 그 김 뭔가 하는 사람에게 첩으로라도 갔단 말인가?"

"그러면 좋게? 하마터면 김철수가 송선비의 첩이 될 뻔했네그려, 하하하하…."

"그럼 송모에게 본남편이 있었단 말인가?"

"하하하하, 이야길 듣게."

K는 앞에 놓인 차를 한잔 들이마셨다. 그리고 이야기를 꺼냈다.

김철수라는 사람은 근본은 보잘것없으나 돈냥이나 있는 집 자식일세그려. 그 돈냥의 덕으로 지금 조도전 대학에… 무슨? 그… 법과라나 문과라나 좌우간 장래에 목적은 둘째 두고 시재 감당하기는 쉬운 과목을 닦는 중이야. 나이 스물두 살. **기처棄妻***한 독신자. 예수교회에 다니는 무신론자.

성질로 말하자면 좀 조급하고 과단성이 없으면서도 결기 있고 부끄럼을 잘 타고도 그만하면 비위가… 더구나 남녀 관계의 일에는 비위가 척척하고 신경질이고….

그자가 여름방학에 귀국했다가 혼약을 하지 않았겠나. 그 상대자가 송선비네그려.

본시 송선비라는 여자는 집은 자기 어머니가 월자 거간을 해서 먹어가는 집안이니깐 재산 형편으로는 보잘것없는데, 여기서 여고보女高普를 고이 마치고 서울 ○○여학교에까지 다녔는데 더구나 여기서 공부할 때나 서울서 공부할 때나 그 옷차림이며 무엇에든

가장 그… 소위 첨단을 걸은 여자란 말이지.

여기서 치마에 아래쪽까지 다림질해 입기를(즉 서울 유행을 제일 먼저 수입한 겔세그려) 그것도 송선비지. 치마가 길었다 짧았다 저고리가 커졌다 작아졌다 하는 유행을 제일 먼저 수입해서 실행한 것도 송선비지. 물론 상학할 때에는 그렇게 못하지만, 늘 이름 모를 일본 비단을 몸에 감고 허욕에 뜬 계집애들의 유행의 선봉을 선 것도 송선비지.

내가 직접 보지는 못했지만 서울 ○○여학교에 다닐 때에도 제일 멋쟁이고 제일 **하이칼라**\*였대나. 팔에는 백금 팔뚝시계, 손가락에는 (단 한 개지만)커다란 금강석을 박은 반지, 언제든 살이 훤히 보이는 엷은 비단 양말… 대체 그 돈은 어디서 났느냐 말이야. 하기는 ○○여학교에 다닐 때에는 그 비용이 모두 그 학교 교장 Q씨에게서 나왔단 말이 있어. 뿐더러 Q씨와 함께 낙태를 시키려 어떤 시골까지 다녀왔단 말까지 있기는 해.

Q씨라는 사람은 자네도 알다시피 유명한 색마가 아닌가. 건강한 육체와 여자와 많이 사귈 수 있는 제 지위를 이용해가지고 유혹, 간통, 강간… 온갖 인륜에 어그러지는 일을 해나가는 것으로 유명한 사람이 아닌가. 그러니깐, 그만하면 얼굴도 반반하고 역시 비위도 추근추근하고 성욕도 센 선비하고 어느덧 이렇게 저렇게

됐다는 것도 차라리 당연한 일이겠지.

**전문**博聞*에 들자면 씨하고 Q 선비하고의 사이는 꽤 열렬하게까지 됐던 모양이야. 여자에서 여자로 잠시도 끊임없이 옮겨 다니던 Q씨가 선비하고 어울린 다음부터는 다른 여자에게는 손을 한동안 대지 않았다나. 이것은 둘의 사랑이 너무 열렬해서 그랬는지 선비가 샘이 너무도 세서 그랬는지 혹은 두 사람의 성욕의 강도가 꼭 맞아서 그랬는지 그건 판단을 내릴 수가 없지만, 사실 선비가 ○○여학교 재학 중에는 다른 여자에게는 손을 안 댄 모양이야.

이러구러 선비는 그 학교를 졸업하고 이곳 ○유치원 보모로 내려오게 됐네. 물론 울며불며 작별의 일장의 비극이 있었겠지. 응? 그… 에라 놓아라, 난 못 놓겠다, 양산돌세그려.

서울하고 예하고가 500여 리 상거가 된다 하나 매일 가는 1,000명, 오는 1,000명, Q씨하고 선비 사이의 로맨스도 이곳에서 모르는 이가 없으리만치 쭉 퍼졌지. 그리고 사흘거리로 Q씨가 평양을 내려와서는 선비를 불러다가는 여관에서 묵고 도로 올라가고 했네그려. 김철수하고의 혼약이 꼭 그때야.

지금도 나는 선비의 속을 알 수가 없어. Q씨하고 그만치 정분이 났으면 왜 철수하고 혼약을 했는지. 물론 Q씨에게야 아내가 있기야 하지. 하지만 소위 연애에는 국경도 없고 계급도 없고… 연애는 온갖 것을 초월한다는 모던 걸 송선비 양에게야 Q씨에게 아내가 있고 없는 게야 문제가 안 될 게 아닌가.

죽자 사자 판에 본처가 다 뭐야. 뭘? 흥? 그래, 그렇게밖에는 해석할 수가 없겠지. '운명에 맡기자', 이게 조선 사람의 공통성이니깐. 애정은 애정, 운명은 운명, 이렇게 두 군데로 갈라붙이고 놈팡이한테로 시집을 가기로 결심을 한 거겠지.

한데, 그 혼약을 하던 이야기도 장관이야. 수재 김철수 군이 **매파**\*와 함께 선을 보러 색싯집을 가지를 않았겠나. 가니깐 좌정을 한 뒤에 이러구저러구 색시의 어머니가 두어 마디 말을 물어보더니,

"신식은 단둘이서 이야길 해야지."

하더니 매파에게 **눈씨**\*를 해서 함께 밖으로 나가더라나. 그런 뒤에 좀 있다가 참외를 깎아서 한 대접 들여보내더라나. 그러니깐 공주 낭랑한 음성으로 말씀하시기를,

"좀 가까이 와서 잡수세요."

놈팡이 정신이 절반이나 나갔지. 카페의 웨이트리스나 기생이나 데리고 놀아본 녀석이 신식 하이칼라 색시한테 이런 말을 듣고 보니깐 어리둥절했단 말이지.

"천만에 천만에."

밑구멍으로 담만 뚫네. 머리를 푹 수그리고⋯. 그런 뒤에는 한참 묵언극이 연속됐네. 신랑 간간 용안을 굴려서 신부를 보면 신부는 입에 미소를 띠고 뚫어지게 신랑만 바라보겠지. 그 눈을 만나면 신랑은 또 한번 밑구멍으로 담을 뚫고⋯. 이러다가 갑자기 버썩하는 소리가 들려서 보니깐 신부가 신랑의 가까이 왔더라나.

"좀 내려가세요."

하면서 손까지 덥석 잡으면서. 놈팡이 혼비백산해서 네, 네, 하면서 몸을 조금 움직이려니깐 신부는 잡았던 손을 털썩 놓고 와락하니 신랑에게 달려들더니 키스를 퍼붓기 시작했다. '엉야', '엉야', 소리를 연방 내면서 뺨, 코, 입, 할 것 없이 키스의 소낙비를 내리붓는다. 그리고 한참 매달려 그러다가 슬며시 손을 신랑의 허리춤으로 넣어서 쓸어보더라나.

이렇게 혼약이 성립됐네그려. 놈의 눈에는 년과 같은 색시는 이 세상에 다시없게 비쳤지. 우리 같아서는 그런 천박한 계집애는 다시 상종하기도 싫겠지만, 우리보다는 한층 개화한 놈팡이의 눈에는 그게 모두 천진스럽고 활발하게만 뵐 뿐더러 초면에 이만치 구는 것을 보니깐 벌써 자기한테 잔뜩 반했느니라, 이렇게까지 생각됐단 말이야.

그 뒤에는 놈, 맨날 년의 집에 묻혀 있네. 놈은 아직 부끄럼을 타는 놈이라 색시네 집에서 밤잠까지 자겠다고 졸라보지는 못했지만 낮에라도 부모는 피해주고 단둘이 있으니깐 그 재미가 괜찮았던 모양이야. 눈만 뜨면 처가에 갔다가 밤이 들어야 하릴없이 어슬렁어슬렁 제 집으로 돌아오네그려.

그동안에도 물론 Q씨야 몇 번을 년을 만나러 내려왔지. 그러면 년은 약수에 갑네 냉천에 갑네 하고 약혼자를 속이고 하루 이틀씩 나가자고 들어오고. 그러나 색시한테 잔뜩 반한 놈은 그저 **와짝**\* 색시를 신용만 하고 있었지.

그러는 동안에 언젠가 색시는 자기와 Q씨의 관계를 새서방에게 다 이야기했다나.

'이만하면 인젠 내 이전의 비밀을 이야기해도 괜찮으리라.'

이만큼 생각이 들어갔기에 이야기했겠지. 그리고 결론으로는 나는 당신 때문에 Q씨를 버렸으며, 인제부터는 당신 하나만 사랑하고 귀히 여기겠노라고 하면서 예에 의지하여 키스의 벼락을 내렸다.

철수는 응, 응, 할뿐 아무 말도 못했지. 뭐라겠나. 더구나 인젠 잔뜩 선비한테 반한 놈이 **몽치**\*로 쫓아도 따라올 판인데 당신 때문에 그 사람을 버렸노라는데 뭐라고 할 말이 있나, 오히려 Q씨와 같이 이름난 명사를 자기 때문에 버렸다는 게 고마우면 고마웠지

나무랄 데야 어디 있겠나. 자기도 총각이 못 되는 이상 선비에게서 처녀성을 요구하기도 어떻고….

　참 이런 곳에선 여인이란, 장해. 사내는 두 여편네를 감쪽같이 조종할 능력을 가진 사람이 절무라 해도 좋은데, 여편네는 감쪽같이 속여가면서 두 사내를 조종하거든…. 철수에게 향해서는 인젠 Q씨와는 인연을 끊었으며 당신밖에는 이 세상에 사랑하는 사람이 없다고 맹세를 하고, 또 Q씨에게는 자기는 부모의 명이라 하릴없이 다른 사람과 혼약을 했지만 결단코 시집은 안 가노라고 좌우편에 발라 맞춰놓았네그려.

　약한 자여, 네 이름은 계집이라… 세익스피언가 한 바보가 이런 소릴 했지? 천만의 말씀! 강한 자여, 네 이름은 계집이라. 어리석은 자여, 네 이름은 사내라. 한 놈은 약혼자가 자기 때문에 조선에 이름 있는 사람을 버렸다고 기뻐하고 있고, 한 놈은 전도가 양양한 학생이고 독신자인 신랑도 계집을 후리는 능력에는 자기를 당할 수가 없다고 속으로 기뻐하고 있는 동안에, 계집은 두 사내 녀석을 마음대로 이럭저럭 놀리고 있었네그려.

　"나는 당신의 애인."

　"나는 당신의 아내."

　두 사내에게 구별하여 던지는 이 두 가지의 말은 두 사내를 다

흡족하게 했지.

그러는 동안에 여름방학도 끝나고 철수는 다시 동경으로 가게 됐네. 겨울방학에 귀국해서 혼례식을 하기로 작정을 하고, 철수야 말로 진정 석별의 눈물을 뿌리면서 떠났지.

선비는 떠나는 님을 바래다주느라고 유치원을 쉬고 서울까지 따라왔네. 철수는 가슴이 무거워서 기차에서 말을 한 마디도 못 했다나. 때때로 먼 산만 바라보다가 한숨을 쉬고, 그리고는 곁눈으로 장래의 아내를 보고….

선비도 또 간간 손으로 철수의 넓적다리를 꼬집을 뿐 아무 말도 못하고 서울까지 갔겠지. 그리고 서울에서 기차가 20분 동안 머무는 사이에 승객들의 눈을 피해가면서 몇 번 키스를 하고 그런 뒤에는 안녕.

철수는 따라 나오면서 반벙어리같이,

"석 달… 석 달…"

말을 맺지를 못하며 이렇게 중얼거렸다나. 그것을 가장 극적, 가장 비창한 얼굴로 한번 돌아본 뒤에 총총히 정거장 문으로 뛰어 나온 선비는 철수하고 키스한 자리가 마르기도 전에 20분 뒤에는 벌써 입을 Q씨에게 내맡겼네그려.

"갑자기 당신이 보고 싶어서 예까지 왔소."

Q씨, 다시 녹아나지.

나폴레옹이 제 애인한테 '너무 분망해서 하루에 두 장 이상은 편지를 못했다'나. 철수는 나폴레옹보다도 분망했는지 하루에 한 장씩밖에는 편지를 못했다. 그리고 놈, 돌아가면서 자랑을 하네.

"긴상(혹은 리상, 혹은 박상, 혹은 최상), Q씨라고 아시오?"

그들은 대개 Q씨를 알았다. 그 사행私行이야 어떻든 소위 명사 라는 Q씨는 흔히 그 이름이 신문 잡지에 오르내렸으니깐 그들도 대개 귀에 익은 이름이야. 그래서 들은 법은 하다고 대답하면 철 수는 코를 버룩거리네그려.

"그자의 애인을 내가 뺏었구려. 이번 귀국해서 약혼을 했는데, 그 규수가 본시 Q씨의 애인이던 사람이에요."

하고는 내 수완이 어떠냐는 듯이 다시 한 번 코를 버룩거리네. 그러고는 정신없는 사람같이 묻지도 않는 말에 서두도 없이,

"피아놀 잘해요."

혹은,

"겨울방학에 혼례식을 합니다."

혹은,

"미인 애인을 둔 사람이 멀리서 근심스러워 어떻게 견디는지."

이런 소리를 중언부언하네그려.

세월은 여류수라 학수고대하던 겨울방학이 이르렀네. 철수는 여비를 와짝 많이 청구했지. 그리고 신부에게 보낼 장을 잔뜩 보아가지고 결혼식을 하려고 귀국의 길을 떠났다.

"이번 귀국해서는 송선비 양, 그 유명한 Q씨의 애인이던 미인과 결혼식을 합니다."

"일자는 송양과 편지로 대략 작정했는데 양력 정월 초닷샛날, 신년 연회날로 하기로 했습니다."

"긴상(혹은 리상, 혹은 박상, 혹은 최상), 겨울방학에 귀국 안하시오? 갑시다그려. 가는 결에 평양까지 가서 내 결혼식에 참례해주구려."

"하다못해 축전이라도 안 해주면 원망하겠소."

부러 하루의 틈을 내어가지고 친구들을 찾아다니며 이런 인사로써 자기의 결혼을 잔뜩 선전을 해놓은 뒤에 몇몇 친구의 축하 만세 소리를 뒤로 남기고 용감스럽게 동경을 떠났겠지.

한데 작자 귀국할 때 별별 지혜를 다 짜내가지고 신부한테는 부러 귀국 일자를 통지하지 않았네그려. 혹은 결혼식 이삼 일 전에나 귀국하게 되는지, 이만치 알려두었네그려. 놈은 빈약한 두뇌로 연구하고 연구해서 애인을 기껏 놀래고 반갑게 할 예산이지.

그런데 뜻밖에 경성역에서 선비를 만났네그려. 사내도 깜짝 놀랐지. 계집도 깜짝 놀랐다.

"에그머니!"

계집은 그런 비명을 내고 눈이 **멀진멀진**\* 서 있었지만, 그런데 당하면 역시 계집이 나아. 뒤이어 생긋 웃으면서,

"글쎄, 오늘쯤은 오실 것 같아서 예까지 마중 왔어요."
하면서 철수의 곁에 빈자리에 털썩 걸터앉았다.

감격… 감격밖에야, 철수에게 무슨 다른 느낌이 있겠나. 철수는 감격에 넘치는 눈으로 정신없이 이 여신을 우러러보고 있었네그려.

"난… 난…."

바보지. 반벙어리같이 중얼중얼.

"오시면 그렇게 소식도 없어요?"

"난… 난…."

"몰라요. 사내란 다 그래요. 무정도하지."

"난… 난…."

"내가 눈치 채고 나오지 않았더라면 애인(작은 소리로) 오시는데 마중도 못 나올 뻔했지."

"난… 난…."

신파 희극에 나오는 만남일세그려.

좌우간 서울서 후덕덕 평양까지 내려왔다 하자.

철수는 돈냥이나 있는 녀석, 게다가 신식 마누라를 얻으려고 기처한 녀석, 이번 결혼식에는 제 빈약한 두뇌를 통 짜내서 한번 잘 해보려고 별 궁리를 다했지. 뭘? **후행**\*은 일곱 사람을 세우기로 했다나? 그러니깐 남녀 합해서 열네 사람이지. ○○예배당에서 식은 거행하기로 하고 거기 대해서 별별 플랜을 다 세웠다나. 행진곡에는 풍금은 너절하다고 오케스트라로 하기로 하고 신랑 신부가 탄 자동차가 길모퉁이에 나타만 나면, 보이스카우트들이 나발을 불어 환영하고 유치원 원아들이 축하 창가를 하고 활동사진 기계를 갖다 대고 그 광경을 촬영하고… 우인의 두뇌로써 짜낼 만한 별별 지혜를 다 짜냈지. 그리고 알건 모르건 지명 명사에게는 모두 초대장까지 보내고….

정월로 들어서면서부터는 친구들이며 그 밖 사면에서 선물이며 축사문이 뻔히 들어오네. 놈팡이 코가 더욱더 버룩거리지.

한데 소위 결혼식 전날은 보조연습인가를 하지 않나? 음악에 맞추어서 식장까지 들어갈 발걸음의 연습일세그려. 정월 초나흩날 신랑 각하 옥보를 신부댁까지 옮겼네그려. 오후 5시에 보조연습으로 ○○예배당으로 동부인하기로 약속을 해두었으니깐 4시 40분쯤 신부 댁까지 갔네그려. 그랬더니 굳게 약속해두었던 신부가 집에 없단 말이지. 신랑 눈이 퀭해가지고 한참 신부 댁에서 기다리다가 무료해서 그만 나오지 않았겠나. 그리고 막 대문 밖으로 나서려는데, 신부의 고모 되는 노파가 따라 나왔다나. 그리고 입을 꼭 신랑의 귀에 갖다가 댄 뒤에,

"○○여관으로 가보게. 아마 거기 있으리."

하더라고, 그리고 그 뒤는 혼잣말같이,

"Q인가 한 녀석이 또 왔다나."

하면서 집으로 도로 들어가 버리더라고. 짐작컨대 고모는 조카딸의 품행 나쁜 것을 속으로 밉게 보았던 모양이지.

우인에게도 강짜는 있는 모양이야. 아무리 저편은 명사라고 아직껏 그 명사를 버리고 자기에게로 온 것을 자랑스럽게 생각하던 철수도 이 소리는 귀에 거슬렸다.

'떨어졌노라더니 아직도 붙어 있었구나.'

결이 잔뜩 나서 씩씩거리며 ○○여관 문 안에 쑥 들어서니 맞은편에는 낯익은 여자 구두가 놓여 있다. 하늘이 사람을 내실 때에 한 가지 꾀는 주셨으니, 작자 첨에 들어서는 결기로 봐서는 불문곡절하고 그 방으로 들어가서 한바탕 부숴댈 것 같았지만 그 결을 죽이고 문밖에 가만히 가서 들여다봤네그려. 그러니깐 안에서는 별별소리가 다 나는데 혹은,

"인젠 영결이로구려."

혹은,

"친정으로 편지라도 자조 해줘요."

혹은,

"며칠 있다가 그 사람은 다시 동경으로 갈 테니깐 그때 또 만나러 와주세요."

아이구, 기가 막히지. 그 뒤에는 별별 몸부림 지랄 다 하네그려.

"서방질하는 것을 발견하였다. 그 자리에서 움직이지 말라."

가부키로 말하자면 이러고 칼로 벨 장면일세그려. 그렇지만 놈팡이 가부키를 아나. 눈앞에 보이는 게 구두짝일세그려. 구두가 한 짝 문을 깨뜨리고 그 방으로 날아 들어갔지. 그다음에 또 한 짝, 또 한 짝, 또 한짝… 네 짝 다 방 안으로 던진 뒤에는 구두가 없으니깐 이번엔 제 몸집을 방 안으로 던졌네그려. 그리고 거기는 일장의 활극이 일어났지.

"명사도 별 게 없데. 때리니깐 코피가 나던걸."

이게 놈팡이의 회고담. 좌우간 ○○학교 교장 명사 신사 Q씨는 조선 13도 사람이 다 모여든 여관에서 실컷 두들겨 맞고, 멋쟁이 하이칼라 송 양은 치마를 찢기고 잠방이 바람으로 제 집으로 달아나고…

물론 파혼이지. 한데 신부 집도 꽤 깍쟁이데. 그사이 받았던 폐백이랑 예물을 그 밤으로 돌려보냈는데, 옷과 이부자리는 내일이 잔치니깐 물론 모두 지어두었을 것이 아닌가. 그걸 모두 도로 뜯어서 감으로 돌려보냈다나.

신랑 집에서는 파혼은 해놓았지만 큰 걱정일세그려. 음식 차렸던 것은 둘째 치고 내일 잔치하노라고 모든 친지들한테 알게 하고 부조 들어온 것도 착실히 받아먹고 했는데 잔치를 못하면 그게 무슨 망신인가. 그 가운데도 신랑 녀석은 동경에서 친구들한테 모두 알게 해놓고 내일은 축전이 적어도 사오십 장이 들어올 텐데 마누라를 못 얻고 그냥 홀아비로 동경에 들어가면 꼴이 되겠나. 다른 것보다도 그 체면상 큰 걱정이지. 자, 이 일을 어쩌나.

그런데 버리는 신이 있으면 구해주는 신이 있다고 한창 그날 밤 야단이라고 **욱적**\*들 하는 판에 신랑의 아버지의 친구 되는 사람이 놀러 왔다가 그 걱정을 듣고 한 가지의 묘안을 꾸며내는데 왈,

"내게 딸이 하나 ○○군 보통학교의 훈도로 가 있는데 인물도 그만하면 얌전하고, 학교 선생님이니깐 지식도 상당해. 어떤가."

하는 겔세그려.

**궁즉통**\*이라. 이런 복이 하늘에서 떨어질 줄이야 어떻게 알았겠나. 큰 망신을 할 판에 누구든 와주기만 하겠다면 해주겠는데 게

다가 인물은 얌전하다 학식도 있다 뭘 나무라겠나.

타협은 성립되고 그 밤으로 색시 아버지는 딸에게 전보를 쳤것다.

무슨 영문인지를 모르고 이튿날 딸이 올 게 아닌가. 새벽에 온 딸을 아버지는 일장 훈화를 한 뒤에 다짜고짜로 오늘로 예식을 들란다.

"신랑은 재산도 있다."

"조도전 대학 재학생이다."

"인물도 잘났다."

이런 조건을 들어가지고 아버지는 딸에게 권고를 하네. 딸은 우두커니 앉아 있더니 마지막에 하는 말이,

"다른 데에는 부족한 데가 없습니다. 그러나 일자가 너무 급박하니 체면상 오늘 말을 내어가지고 오늘이야 어떻게 예를 이루겠습니까. 하니깐 한 주일만…"

말하자며 예식일을 한 주일만 연기하면 다른 의의는 없단 말일세그려. 그렇지만 신랑 집 사정을 아는 아버지는 오늘 당장으로 시집을 가라네. 오늘 가라, 한 주일 뒤에 가겠다 한참 가사 싸움이 있은 뒤에 아버지 하릴없이 딸에게 지고 그만 신랑 집에 가서 그 일을 보고했네그려.

그러니깐 신랑 집에서도 완고히 오늘을 주장하네그려. 연기를 못할 바는 아니다. 그러나 하루 이틀을 연기를 한대도 한 주일씩은 못하겠다. 이게 신랑 측의 주장. 그럴 듯도 해. 아무리 겨울 음식이라 하지만 오늘을 목표로 삼고 만들었던 음식이니깐 한 주일을 어떻게 견디겠나. 게다가 혼인 예식을 하루 이틀은 무슨 핑계로든 연기하지만 한 주일을 연기할 핑계야 쉽겠나.

색시 아버지는 몇 번을 딸과 신랑 사이에 타협을 시키려다 못해 타협이 안 됐네그려. 딸은 할 수 없이 학교로 돌아갔지. 한데 갈 때도 미련은 꽤 남아 있었던 모양이야.

"못해도 나흘이야 연기…"

아버지에게 들리리만치 이런 혼잣말을 하면서 떠났다나.

그다음에는 신랑 집에서는 다른 방책을 쓸 밖에는 수가 없구면. 그래서 성 안에 있는 매파라는 매파는 죄 모아가지고 집안이 통 떨쳐나서서 색시를 구하러 다니네. 한데 웬 처녀가 그리도 많아. 식구 사오 명이 죄 나서서 시집갈 학생이라는 학생은 죄다 보았는데 역시 일자가 문제라. 색시와 일자 관계를 숫자로 나타내자면,

석 달 이상 기한: 8명

한 달 내외 기한: 31명

보름 내외 기한: 36명

한 주일 기한: 16명

닷새 기한: 16명

합계: 107명

이렇네그려. 이틀 안으로 오겠다는 사람은 하나도 없다. 그중 기한이 짧은 한 주일과 닷새의 서른두 명에게 몇 번 매파를 다시 보내서 오늘 밤이나 내일로 하도록 하자 해도 그것만은 차마 듣지를 못하겠는지 시원한 회답이 없어. 그것도 그럴 게야. 기생도 만난 첫날로는 좀체 몸을 허락하질 않는데 시집이야 그렇지 않겠나.

예배당에서는 '축 결혼식', '김철수 송선비 만세', '너 좋겠구나', 이런 축전들이 몰아 들어오는데 신랑 집에서는 색시 선택에 야단이지. 더구나 결혼식이 오후 6시라고 ○○예배당으로 결혼식 구경을 갔던 남녀노소들이 껌껌한 집만 보고는 그 연유를 캐자고 신랑 집으로 오네. 창피도 창피려니와 이 일을 어쩌겠나. 경사 집안이 경사 집안 같지 않고 이 구석 저 구석에서 수군수군하는 게 무슨 흉변이 있는 집안 같을세그려. 그러나 속수무책이라. 할 수 있나.

그때(역시 하느님은 고마워) 일도의 광명이 하늘에서 비쳤네그려. 웬 낯선 매파 하나가 통통 뛰어오더니 오늘 밤으로라도 시집을 오려는 색시가 있다 한다. 이게 웬 떡이냐. 이렇다 저렇다 잔말을 할 처지가 못 되지. 그래서 그게 정말이냐고 물으니깐 매파도 맹세

맹세 하면서 인제라도 곧 데려올 수가 있다네.

후… 그 뒤에야 무슨 다른 여부가 있겠나. 청혼 허혼 벼락같이 끝나고 부랴부랴 예배당에 꽃을 장식한다 광목을 편다 보이스카우트를 부른다 후행들을 도로 청해서 예복을 입힌다 목사를 부탁한다 야단이지.

갑자기 하는 일이라 여자 후행을 구하기가 힘드니 네 명만 신랑 댁에서 구해주시오. 구할 수 없으면 있는 대로 합시다. 우리도 밤중에 갑자기 구할 수 없소. 이렇게 일곱 명을 세우려던 후행은 세 명이 되고 다른 것도 모두 예산대로 되지 않고 ○○예배당에는 아직 전등을 안 달았는데 본시 계획으로는 이날만은 임시 가설을 하려던 것인데 그것조차 그만두고 어두컴컴한 석유등 아래서 대 스피드의 화촉의 전이 거행되게 됐네그려.

스피드 스피드 한 달 사 이런 스피드도 쉽잖을걸.

"남편은 아내를 버리지 말고."

"네."

"아내는 남편을 버리지 말고."

"네."

"쌈도 말고."

"네."

"때리지도 말고."

"네."

하하하하. 놈팡이, 신부의 얼굴도 아직 보지를 못했는데 소위 예물 교환이라고 있지 않나. 결혼반지 교환. 그때 손에 반지를 끼워주면서 힐끗 보니깐 머리를 푹 숙이고 있으니깐 면사포 틈으로 다 보이지는 않지만 하얀 이마와 하얀 콧등이 꽤 이뻐 보이더라나. 자식 코가 더 버룩거리지.

좌우간 이렇게 결혼식도 무사히… 아니, 외려 성대히 끝났는데… 그러니까 놈팡이는 환희의 절정에 올라가 있지 않겠나. 그런데 이 환희가 한 시간도 지나지 못해서 실망의 구렁텅이에 떨어지네그려. 간단히 결론을 하자면 결혼식을 끝내고 신부를 껴안고 집으로 돌아와서 면사포를 벗기고 보니깐 몇 해 전에 쫓아버렸던 놈팡이의 **고처古妻**\*라. 말하자면 놈팡이의 은혼식을 한 셈일세그려. 몇 해 전에 구식이라고 쫓아버렸던 고처하고 다시 신식 결혼을 했네그려.

놈팡이 열쩍었던지 이튿날로 동경으로 달아나고 말았다. 신혼의 재미도 보지 않고….

한데 동경에서 나오는 기별을 들으니깐, 자식, 고처하고 다시 결혼식을 했단 말은 일절 내지도 않고 송선비와 결혼한 이야기며 송선비의 미덕을 선전하면서 돌아다닌다나. 그리고 더구나 그 결혼식 때 자기의 고처가 와서 방해를 해서 혼이 났노라며 방해하던 이야기도 여러 가지로 하더라나. 그만치 꾸며대기를 잘하면 소설가가 됐으면 성공하겠데. 하지만 놈팡이의 처지로 보면 또 그런 거짓말이라도 해서 자기라도 속여둬야지 그렇지 않고야 망신스러워서 살겠나.

좌우간 재미있는 이야기야.

---

**기처棄妻**: 조선시대에 인정된 이혼.
**하이칼라**: 서양식 복장과 머리 모양을 한 신식 여자를 비유하는 말.
**전문傳聞**: 전하여 들음.
**매파**: 혼인을 중매하는 할멈.
**눈씨**: 쏘아 보는 시선의 힘.
**와짝**: 단번에 매우 많이.
**몽치**: 짤막하고 단단한 몽둥이.
**멀진멀진**: 멀뚱멀뚱의 평안도 방언.
**후행**: 혼인 때 가족으로서 신랑이나 신부를 데리고 가는 사람.
**욱적**: 여럿이 한 곳으로 모여 북적거리는.
**궁즉통**: 궁하면 통한다.
**고처古妻**: 전 부인.

## 김동인 소개

작가, 비평가, 문예운동가

1900년   평양 출신.

1916년   일본 도쿄 메이지학원 중학부 졸업, 가와바타 미술학교 중퇴.

1919년   화가를 꿈 꿨으나 문학으로 방향을 돌려 동인지 〈창조〉를 발간.

　　　　처녀작 '약한 자의 슬픔' (중편)을 창간호에 발표하면서 이후 단편,

　　　　중편 80여 편,장편 17여 편을 발표.

1929년   장편 〈젊은 그들〉을 동아일보에 연재, 1933년 장편 〈운현궁의 봄〉

　　　　을 조선일보에 연재하여 신문연재 역사소설에 관심을 기울임.

1935년   월간잡지 〈야담〉을 창간.

1942년   천황불경죄로 서대문 형무소에 수감되어 3개월간 옥고를 치르고

　　　　석방 된 후 마약 중독으로 고생함.

1948년   〈을지문덕〉을 연재 중 뇌막염으로 반신불수가 됨.

1951년   6·25 전쟁 중 지병으로 숨을 거둠.